La Máscara Robada

Por

Wilkie Collins

INTRODUCCIÓN

Puede ocurrir que algunos lectores de esta historia tengan en su poder una «máscara» —o una cabeza— de escayola del rostro de Shakespeare, una de las reproducciones en vaciado del famoso busto de Stratford que se pusieron a la venta hace algún tiempo. Las circunstancias bajo las cuales se obtuvo el molde original se las oí relatar, una vez, a un amigo de quien guardo un cariñoso recuerdo y con quien estoy en deuda por el ejemplar que poseo hoy en día.

Hace algunos años, se contrató a un cantero para efectuar unos arreglos en la iglesia de Stratford-upon-Avon. Mientras se ocupaba de estas reparaciones, el cantero se las arregló —sin levantar sospechas, pensaba él— para fabricar un molde del busto de Shakespeare. Sin embargo, se descubrió lo que había hecho e, inmediatamente, las autoridades, encargadas de la custodia del busto original, lo amenazaron con penas y sanciones legales muy severas, aunque no especificaron de qué delito se le acusaba. El pobre hombre estaba tan asustado por las amenazas que rápidamente empaquetó sus herramientas y, cogiendo el molde, se marchó de Stratford. Después, el cantero expuso su caso a personas con capacidad para aconsejarle, quienes le dijeron que no debía temer ningún castigo y que, si consideraba que podría venderlos, hiciera tantos moldes del busto como quisiera y los pusiera a la venta en cualquier lugar. El cantero siguió el consejo, realizó cuidadosamente sus reproducciones del busto en bloques de mármol negro y vendió un gran número de ellas no solo en Inglaterra, sino también en América. Debe añadirse que este cantero había destacado siempre por su extraordinaria veneración a Shakespeare, que llevó a tal extremo que llegó a asegurar al amigo —de quien luego recibí esta información— que él, que era viudo, ¡se habría vuelto a casar solo si hubiera conocido a una mujer que fuera descendiente directa de William Shakespeare!

La idea inicial de las siguientes páginas procede de la anécdota que acabo de relatar. Ahora ofrezco mi librito al público, en el que he procurado narrar una trama sencilla, escrita de forma llana y familiar, o, en otras palabras, como si estuviera contándosela a unos amigos ante la chimenea de mi casa.

I

ORATORIA PARA LA MULTITUD

Estaría insultando la inteligencia de los lectores si creyera necesario describirles la muy célebre ciudad de Tidbury-on-the-Marsh, puesto que:

¿quién no está familiarizado con esta elegante zona residencial de provincias? El espléndido hotel nuevo que se ha construido al lado de la vieja posada; la amplia biblioteca a la que, no satisfechos solo con sumar libros, le están añadiendo también otra puerta de entrada; el semicírculo de suntuosas moradas de estilo griego que sobresale en la cima de la colina para competir con el círculo completo de viviendas almenadas de estilo gótico al pie de esta... ¿Acaso no son estos detalles locales conocidos a la perfección por cualquier inglés avezado? Por supuesto que sí, la pregunta está de más. Entonces, pasemos, sin malgastar más tiempo, de Tidbury en general a High Street en particular, y de ahí a nuestro destino actual: el establecimiento comercial de los señores Dunball y Dark.

Con solo mirar los líquidos coloreados, la estatua en miniatura de un caballo, los parches para los callos, las bolsas de hule, los tarros de cosméticos y los platillos de vidrio tallado llenos de pastillas expuestos en el escaparate, en un primer momento se podría imaginar que Dunball y Dark eran meros farmacéuticos. Pero, si se mira cuidadosamente a través de la entrada hacia una estancia interior, se puede observar una inscripción, un receptáculo grande y vertical de caoba, en forma de caja, con un hueco protegido por unas rejas de latón y una cortina verde preparada para correrse sobre él, y detrás del agujero, parcialmente visible, un hombre con una palita de cobre en la mano para recoger el dinero. Estos datos deberían bastar para informar de que Dunball y Dark no solo eran farmacéuticos, sino que también eran banqueros.

La mañana es tormentosa y con viento de finales de noviembre. Dunball —en ausencia de Dark, que ha ido a dar un discurso a la reunión de la sacristía— se ha metido en el habitáculo de caoba y ha tomado las riendas de todos los negocios y de la dirección de la sucursal bancaria. Dunball es un hombre muy gordo y se le ve absurdamente grande en el espacio donde ahora se encuentra. Hasta el momento ni un solo cliente ha solicitado dinero ni ha ido a cotillear siquiera con el banquero a través de las rejas de latón de su cárcel comercial. Dunball se sienta ahí, mirando fijamente y con calma hacia la calle a través de la parte del local dedicada a la farmacia. El oro está en un cajón; los billetes, en otro; los codos, sobre el libro de cuentas; y la palita de cobre, bajo el pulgar. Dunball es la imagen de la adinerada soledad. El ermitaño de las finanzas británicas.

En la parte exterior de la tienda está el joven ayudante, preparado para medicar al público en un santiamén. Pero Tidbury-on-the-Marsh es un lugar saludable y poco rentable, y no acude nadie. Cuando el joven ayudante ya ha averiguado por el reloj de la tienda que son las diez y cuarto, y por la veleta de enfrente que sopla viento de sur-suroeste, ha agotado todas las fuentes de diversión externas y se ve obligado a entretenerse con otros quehaceres: primero, afilando su navaja, y, después, cortándose las uñas. Ha terminado con la mano izquierda y acaba de comenzar con el pulgar de la derecha cuando, ¡al fin!, un cliente oscurece la entrada de la tienda.

Dunball se sobresalta y empuña la palita de cobre. El joven ayudante cierra su navaja rápidamente y hace una reverencia. El cliente es una joven y ha venido a comprar un bote de pomada labial.

La joven viste discretamente y con esmero, aparenta unos dieciocho o diecinueve años y tiene algo en la cara que solo lo puedo calificar con el epíteto de adorable. Hay una belleza pura e inocente en su frente y en sus ojos —que tienen una expresión alegre, amable y tranquila cuando te miran— y, al hablar, hay en sus claras palabras un curioso sonido familiar que te hacen imaginar —a pesar de ser un extraño— que debes haberla conocido y amado hace tiempo y que de alguna manera te has ingratamente olvidado de ella en ese lapso de tiempo. Sin embargo, mezclado con la dulzura y la inocencia de niña que constituyen su encanto más relevante, hay un aire de firmeza —especialmente evidente en la expresión de sus labios— que le da cierto carácter y originalidad a su cara. Su figura…

Me detengo en su figura. Desde luego no por falta de frases para describirla, sino por una desalentadora convicción de que cualquier descripción no podría en lo más mínimo producir el efecto apropiado en la imaginación ajena. Si me preguntaran en qué esfuerzos literarios es más patente la escasez de recursos expresivos, respondería que en las descripciones de las heroínas. Hemos leído cientos de descripciones, algunas de ellas tan bellamente acabadas y precisas que no solo nos informan de los ojos de la dama, las cejas, la nariz, las mejillas, el cutis, la boca, los dientes, el cuello, las orejas, la cabeza, el cabello y la forma de vestir, sino que incluso nos familiarizan con la determinada manera en que los sentimientos en el interior del pecho lo hacen jadear o lo inflaman externamente; además de mostrarnos la exacta posición del rostro en el que había unas pestañas lo bastante largas como para proyectar una sombra sobre las mejillas. Hemos leído todo esto atentamente y con admiración, tal como se merece, y aun así nos hemos levantado de la lectura sin habernos aproximado ni remotamente a una imagen del tipo de mujer que es la heroína. Al principio de la descripción, vagamente sabíamos que era guapa, y, al final, lo sabemos con igual abundancia de detalles como de manera igualmente imprecisa.

Convencido de lo que acabo de exponer, prefiero dejar que el lector se forme su propia imagen de la apariencia de la cliente del establecimiento de Dunball y Dark. Eludiendo las magníficas bellezas de su conocimiento, prefiero que el lector la imagine como cualquier mujer guapa e inteligente a la que conozca, cualquiera de esos agradables angelitos del hogar que pueden cautivarnos incluso con una túnica mañanera de lana merina, mientras zurcen un par de calcetines viejos. Este es el tipo de realidad femenina que hay en la mente del lector, y ni el autor ni la heroína deberían tener ninguna razón para quejarse.

Ahora bien, nuestra señorita llegó al mostrador y pidió la pomada labial. El ayudante, vencido rápidamente por el poderoso encanto de tal presencia, le rindió el primer pequeño homenaje de cortesía que tenía al alcance al pedir permiso para mandarle el recipiente a casa.

—Perdone, señorita —le dijo—, pero creo que vive más abajo, en esta calle, en el número 12. Ayer andaba por ahí y creo que la vi dirigirse hacia esa casa con un señor mayor y otro caballero, ¿estoy en lo cierto, señorita?

—Sí, vivimos en el número 12 —dijo la joven—, pero, si no le importa, me llevaré la pomada a casa. Mas tengo otro favor que pedirle antes de irme —continuó ella de forma recatada, pero sin la más ligera muestra de timidez —. Mi abuelo, el señor Wray, le agradecería muchísimo que colgara esto en su escaparate, si cabe.

Y, entonces, ante el asombro más absoluto del joven ayudante, le entregó un cartel —con una cuerda para colgarlo— en el que, con letra clara, se leía el siguiente texto:

«Don Reuben Wray, discípulo del famoso y recordado señor don John Kemble, informa respetuosamente, tanto a sus amigos como al público en general, de que imparte lecciones de oratoria, dicción y lectura en voz alta. Precio: dos chelines y seis peniques la hora. Para los alumnos que se preparen para hablar en público o para funciones teatrales de aficionados, basándose en un método que combina la interpretación inteligente del texto con el movimiento de brazos y piernas, según las enseñanzas del ilustre Sexto Roscio del teatro inglés, el finado señor J. Kemble, estudiado atentamente y observado muy de cerca por el propio señor R. W. Para los oradores y los sacerdotes que quieran mejorar su expresión (con la más estricta confidencialidad), tres chelines y seis peniques la clase de una hora. Se combaten y se eliminan tartamudeos y vacilaciones en la pronunciación. Se enseña a las señoritas las virtudes del buen hablar en público, y a los jóvenes caballeros, la dicción más apropiada. Se hace un descuento a grupos escolares y grupos numerosos. Por favor, diríjanse al señor Reuben Wray (antiguo actor del Teatro Real, Drury Lane), High Street, número 12, en Tidbury-on-the-Marsh».

Ninguna inscripción babilónica que se haya grabado nunca ni ningún papiro manuscrito que se haya escrito jamás podrían haber desconcertado tanto al joven ayudante como este singular anuncio. Lo leyó todo en estado de estupefacción y, después, observó con aire perplejo a la joven al otro lado del mostrador:

—Muy bien escrito, señorita, muy bien redactado, desde luego. Creo, de hecho, estoy seguro de que el señor Dunball…

Entonces, se oyó un crujido, como si alguna construcción de madera sólida se rasgara poco a poco y se hiciera pedazos. Era el propio Dunball que se abría paso al exterior del habitáculo de la sucursal bancaria para acercarse a examinar el anuncio.

Lo leyó todo muy atentamente, siguiendo cada línea con el índice y, después, con amabilidad y cautela, dejó el cartel en el mostrador. Si digo que ni Dunball ni su ayudante estaban muy seguros de lo que significaba «Sexto Roscio del teatro inglés» o qué rama del talento humano proponían enseñar en ese curso de «oratoria», no estoy cometiendo ninguna injusticia contra el hombre mayor ni contra el joven.

—Así que, ¿quiere que lo ponga en el escaparate, queri… en el escaparate, señorita? —preguntó el señor Dunball. Había estado a punto de llamarla «querida», pero algo en la mirada y en la actitud de la chica lo detuvo.

—Si no tiene inconveniente en colgarlo, señor.

—¿Puedo preguntarle su nombre y de dónde viene?

—Me llamo Annie Wray, y el último lugar donde hemos estado es Stratford-upon-Avon.

—¡Ah!, por supuesto, y el señor Wray enseña, ¿verdad?, oratoria por media corona, ¿eh?

—Mi abuelo solo desea que los habitantes de este lugar sepan que él puede enseñar a aquellos que quieran hablar o leer bien en público y tener una pronunciación adecuada.

Dunball se quedó bastante perplejo por la franqueza y serenidad con que la pequeña Annie Wray le había respondido a él, banquero, farmacéutico y toda una autoridad municipal. Tomó el anuncio de nuevo y se fue a leerlo una segunda vez en el solemne y monetario aislamiento de la trastienda.

El joven ayudante lo siguió.

—Creo que es gente respetable, señor —le dijo en un susurro—. Ayer, cuando el anciano entró en el número 12, yo andaba por ahí. El viento le movió parte de la capa y vi que llevaba una gran caja de caudales debajo de ella. Se lo aseguro, señor, y, además, me pareció pesada.

—¡Una caja de caudales! —exclamó Dunball—. ¿Para qué necesita un hombre con una caja de caudales la oratoria, y a dos chelines y seis peniques la hora? Me imagino que será un estafador.

—No puede serlo, señor, ¡mire a la señorita! Además, la gente del número

12 me ha dicho que él tenía referencias y que pagó una semana de alquiler por adelantado.

—¿De verdad…? Quiero decir, ¿estás seguro de que llevaba una caja?

—Seguro, señor. Supongo que tendrá dinero dentro, ¿no?

—¿Para qué se usa una caja de caudales si no es para guardar el dinero? —dijo el banquero con desprecio—. Aun así, parece bastante raro… Espera: puede que sea una apuesta. He oído que hay caballeros que llegan a hacer cosas raras por las apuestas. O quizás esté chiflado. Bueno, ella es una chica agradable y colgar esto no puede hacer ningún daño. Aunque indagaré sobre ellos y sobre toda esta historia.

El señor Dunball frunció pomposamente el ceño mientras pronunciaba esto último con prudente determinación y volvió sin prisas a la parte de la farmacia. Sin embargo, como no tenía tan mal humor como él mismo se imaginaba, a pesar de su seriedad y desconfianza, sonrió de manera mucho más cordial de lo que se proponía cuando se dirigió a la pequeña Annie Wray.

—Aunque está fuera de nuestro proceder habitual —le dijo—, le haremos el favor y colgaremos el cartel. Claro que, si quisiera referencias, ¿me las podría facilitar? Ahí, sí, sí, por supuesto… Ahí tiene su cartel en el escaparate, en un lugar destacado, fíjese cuando salga, justo entre la hilera de los parches para callos y la adormidera en polvo. Le deseo al señor Wray éxito, aunque creo que Tidbury no es el tipo de lugar para enseñar lo que ustedes llaman «oratoria», ¿verdad?

—Gracias, señor, y buenos días —dijo Annie. Y se marchó de la tienda tan tranquilamente como había entrado.

—Una chica serena —dijo Dunball, observándola mientras caminaba calle abajo hasta el número 12.

«Y también guapa», pensó el ayudante, siguiéndola, como hacía su jefe, desde la ventana.

—Debería ir a conocer al señor Wray —dijo Dunball, girándose hacia la tienda cuando Annie hubo desaparecido—. Y daría algo por descubrir lo que Wray guarda en su caja de caudales —continuó el banquero-farmacéutico mientras volvía a entrar con aire pensativo en el arca de caoba dineraria que había en la parte de atrás del establecimiento.

Dunball, usted es hombre sabio, pero no podrá resolver estos dos misterios con rapidez sentado y solo en esa garita de la sucursal bancaria. ¿Alguien puede resolverlos? Yo puedo.

¿Quién es Wray y qué tiene guardado en esa caja de caudales? Vayan al número 12 y lo verán.

II
EL SEÑOR WRAY Y EL TEATRO BRITÁNICO

Antes de entrar con descaro en el domicilio de Wray, debo decir una o dos palabras sobre él a sus espaldas —pero de ningún modo para calumniarlo—. Tomaré este anuncio colgado en la ventana del establecimiento de Dunball y Dark como tema de mi discurso.

Reuben Wray llegó a ser, como él dice, un «discípulo del famoso y recordado señor don John Kemble» de este modo: empezó siendo aprendiz de escultor durante tres años. No sé si es que el trabajo de tomar moldes y tallar piedras resultaba ser de una naturaleza demasiado sedentaria para encajar con su temperamento o si es que en su interior un consejero del diablo, cuyo nombre era vanidad, le susurró: «busca la admiración del público y asegúrate su aplauso», pero el hecho es que, tan pronto como se acabó este periodo, Wray dejó a su maestro y su lugar natal para unirse a un grupo de cómicos de la legua, o, como él mismo lo expresaba de manera más grandilocuente, se subió a las planchas.

La naturaleza le había regalado buenos pulmones, ojos grandes y nariz aguileña, por lo que tenía un brillante éxito ante el público más plebeyo. Hay que reconocer que sus esfuerzos profesionales apenas bastaban para alimentarlo y vestirlo; sin embargo, se consolaba teniendo en la cabeza la idea, como perspectiva lejana, de un triunfo en los teatros londinenses. Mientras esperaba este atractivo acontecimiento, se permitió un pequeño lujo entremedias, muy apropiado como recurso rentable para los hombres jóvenes en extremas dificultades: el matrimonio. Más o menos a la edad de diecinueve años, Wray se casó con la encantadora actriz que hacía de Colombina en la compañía.

Y consiguió una buena esposa. Sé que mucha gente se negará a creer esto; sin embargo, es cierto. El único éxito que lo compensó del estrepitoso fracaso social que estaba condenado a representar durante toda su existencia fue este matrimonio con una Colombina nómada. Ella, pobre chica, después de casarse, trabajó tan duro y con tanta jovialidad para conseguir su propio pan como lo hacía antes. Recorría penosamente muchas millas de ciudad en ciudad a su lado, y nunca llegó a quejarse. La joven elogió su interpretación, participó de sus esperanzas, le remendó la ropa, disculpó su mal humor, se congració con el director por él, puso paz en sus riñas… en pocas palabras y en el mejor y más elevado de sus significados: ella lo amaba. Permítanme añadir que solo le dio un retoño, una niña. Y, considerando sus recursos económicos, ¿estoy justificado cuando clasifico esta circunstancia como una sólida prueba más de sus excelentes cualidades de esposa?

Tras mucha perseverancia y desilusiones, Reuben consiguió por fin consolidarse en una compañía de provincias estable: la compañía de Tate Wilkinson en York. Antes de lograr conquistar al director, tuvo que bajarse mucho de su anterior pedestal interpretativo. Del papel principal en la tragedia y el melodrama, enseguida pasó, en esta asentada compañía de provincias, a ser «actor de relleno», que en el lenguaje teatral significa que a un actor se le asignan los trabajos dramáticos más pequeños que requieren las necesidades del teatro. Incluso así, él persistía en esperar la oportunidad que no vino jamás, y también la pobre Colombina esperó fielmente con él hasta el final.

Transcurrieron los años, pero nunca llegó esta oportunidad, y, un día, Wray y Colombina se encontraron desamparados y hambrientos en Londres. Su vida en esta época compondría una novela por sí misma si tuviera tiempo y espacio para escribirla, pero debo ponerme a hablar de fechas más recientes tan rápido como sea posible, por lo que el lector debe contentarse solo con saber que, en el último suspiro —el último suspiro de esperanza, casi el último de su vida—, Reuben consiguió empleo como actor de la más baja categoría en el teatro Drury Lane.

Véanlo entonces —todavía un hombre joven, pero con su ambición juvenil frustrada para siempre— recibiendo el salario más reducido por el trabajo teatral más bajo, apareciendo en el escenario como soldado, mesonero, lacayo, etc., sin una línea de texto en la obra, únicamente mostrando al público su cuerpo encogido de pobreza, vestido con el atuendo más desaliñado del viejo guardarropa del Drury Lane, apenas uno o dos minutos cada vez, por un chelín la noche más o menos, una existencia miserable en un mundo miserable: ¡el mundo entre bastidores!

Por aquel entonces, John Philip Kemble actuaba en el teatro y su fama estaba alcanzando su clímax. ¡Cómo le seguía el rugir de los aplausos prácticamente cada vez que abandonaba el escenario! ¡Con qué majestuosidad avanzaba hacia la sala de espera, inhalando, de forma abstraída, enormes pellizcos de rapé mientras caminaba! ¡Cómo los pobres e inferiores compañeros de valones y borceguíes anhelaban su atención mientras estaban entre bastidores y lo miraban fijamente con reverencia! ¡Y cómo, posiblemente, pocos de ellos podrían conseguirla! Sin embargo, en medio de esta tribu de desafortunados había uno que realmente destacaba, aunque todavía no le había hablado. Había descubierto a este hombre, desaliñado y solitario, que estudiaba constantemente su papel desde el mejor lugar que el pobre desgraciado podía conseguir en medio del polvo, la suciedad, las corrientes de aire y la confusión de los bastidores. Además, Kemble observaba que, si se representaba una obra de Shakespeare, este desconocido tenía un libro viejo y destrozado en sus manos, y aparecía para seguir con atención las escenas siguiendo muy de cerca el texto, en lugar de refugiarse en los rincones caldeados con una pinta de cerveza ligera y con el resto de sus compañeros figurantes. Al observar estos detalles, Kemble pensó, una y otra vez, que tenía que hablar con ese hombre y descubrir quién era, y también, una y otra vez, lo olvidaba por completo. Pero, por fin, llegó el día en que la comunicación personal aplazada tanto tiempo tuvo lugar, y ocurrió de esta manera…

Una nueva obra iba a representarse. Por cierto, era una tragedia especialmente mala incluso para aquella época de escritura de tragedias especialmente malas. La obra transcurría en Escocia, y Kemble estaba decidido a interpretar su papel vestido con el traje de las Tierras Altas de Escocia. La idea de interpretar una obra con el vestuario adecuado de la época que representaba se consideraba una innovación tan peligrosa que nadie se atrevía a seguir su ejemplo y, de todos los personajes, en realidad él era el único vestido de montañero escocés en una obra sobre Escocia. Esto no lo amedrentaba en absoluto. Había interpretado Othello una o dos noches antes con el uniforme de general británico, y era tan consciente de este gran absurdo que estaba decidido a perseverar y a comenzar la reforma del vestuario teatral, la cual estaría destinado a llevar a cabo después muy a conciencia.

Anocheció y comenzó la función. Justo cuando el teatro esperaba a Kemble, este descubrió que no llevaba el bolso de piel de cabra, una de las peculiaridades más llamativas de la vestimenta escocesa. No había tiempo para buscarlo. ¡Todo estaba perdido por culpa del vestuario! ¡Debía salir a escena y exponerse a la vista del público solo como medio escocés! ¡No! ¡Aún no! Mientras todos corrían frenéticamente de acá para allá en vano, un hombre amarró con rapidez algo en la cintura de Kemble, justo a tiempo. ¡Era el bolso perdido! Y, después de todo, nuestro Roscio caminó por el escenario, ¡un escocés completo de la cabeza a los pies! En su primer receso, Kemble preguntó por el hombre que había encontrado el bolso. Era ese pobre figurante en quien ya se había fijado. En realidad, antes de la obra, el gran actor llevaba el bolso en sus propias manos y en un momento de distracción lo había puesto sobre una silla en un lugar oscuro detrás de la concha del apuntador. El humilde admirador, fijándose en todo lo que hacía, se había dado cuenta de esto y había encontrado a tiempo el bolso de piel de cabra perdido, cuando nadie más había podido hacerlo.

—Señor, le estoy infinitamente agradecido —dijo Kemble cortésmente al hombre ruborizado y confundido que estaba ante él—. Me ha salvado de aparecer incompleto y, por tanto, ridículo ante el público del Drury Lane. Señor, antes, mientras usted esperaba a que lo llamaran, lo he observado mientras leía a nuestro divino Shakespeare, el vínculo poético que une a todos los hombres, aunque puedan separarlos las distancias profesionales. Acepte, señor, este pellizco de rapé.

Cuando el actor sin blanca llegó esa noche a casa, ¡qué maravillosa noticia tenía para su esposa! ¡Y qué orgullosa y feliz estaba la pobre Colombina cuando escuchó que Kemble le había ofrecido un pellizco de rapé de su propia cajita!

Pero el bondadoso actor no se detuvo en una mera conversación educada y en una muestra de condescendencia social. Reuben leía a Shakespeare mientras ninguno de sus compañeros se había preocupado lo más mínimo por el libro, y eso había sido suficiente para fomentar el interés de Kemble. Además, él era un hombre joven y podría tener capacidades que requiriesen un apoyo.

—Por favor, señor, recíteme algo —le dijo el gran John Philip una noche, deseoso de ver lo que este modesto admirador podía hacer en realidad. El resultado fue inequívoco, el pobre Wray no pudo hacer nada que cientos de sus compañeros no pudieran haber hecho igualmente. Su anhelo de llegar a ser un gran actor solo era ambición sin talento.

Aun así, Reuben consiguió algo por haber encontrado el bolso de piel de cabra. Una palabra oportuna de su nuevo protector le hizo ascender dos o tres categorías en la compañía e incrementar su salario proporcionalmente. Entonces, Wray obtuvo papeles con algunas líneas de texto y, condescendencia tras condescendencia, Kemble le declamaba el texto para instruirlo y ensayar, y le mostraba con solemnidad —me temo que a menudo más en broma que en serio— cómo debía caminar por el escenario un soldado romano y patriótico o el fiel lacayo de un padre afligido.

El agradecido Wray siempre recibía estas lecciones de muy buena fe, y fue precisamente en virtud de ellas —aproximadamente media docena, y en torno a dos minutos cada una— por lo que más tarde se presentaría como profesor de oratoria y discípulo de John Kemble. Muchos grandes hombres han brillado fabulosamente ante la mirada del público como discípulos de otros grandes hombres a partir de una fuente de recursos educativos iniciales no más caudalosa que la que pertenecía a Reuben Wray.

Después de haber seguido el rastro de nuestro amigo hasta su relación con Kemble, puedo despachar el resto del anuncio con mayor brevedad. Supongo que todo lo que se necesita explicar con más detalle es cómo llegó a enseñar oratoria y cómo salió así adelante.

Ahora bien, Reuben soportó impasible en el Teatro Drury Lane rivalidades, peleas, desastres y fluctuaciones en los gustos del público que echaron abajo intereses más importantes que los suyos propios. El teatro fue construido, quemado y reconstruido de nuevo, y el «Viejo Wray» —como entonces se le comenzó a llamar— aún formaba parte de la institución, aunque otros pudieron abandonarla. Durante este largo periodo monótono, la aflicción y la muerte se cebaron con crueldad en el hogar del pobre actor. Primero, murió su paciente y cariñosa Colombina. Después, tras un largo entreacto, la única hija de Colombina se casó muy joven, ¡ay!, con un miserable granuja que, primero, la maltrató y, después, la abandonó. Pronto siguió a su madre a la tumba y abandonó a una niña, la pequeña Annie de esta historia, al cuidado de Reuben. Una de las primeras cosas que su abuelo le enseñó fue a llamarse a sí misma Annie Wray. Reuben nunca pudo soportar oír el nombre del disoluto padre de su nieta pronunciado por nadie, y decidió que ella siempre llevaría su apellido.

¡Ah, qué tristes fueron aquellos tiempos para el pobre actor! ¡Cómo se sentaba muchas noches en la esquina más oscura entre bastidores, con su destrozado ejemplar de Shakespeare en las manos, la única cosa que nunca llegó a empeñar, y con las lágrimas que le caían por sus mejillas hundidas y maquilladas mientras pensaba en su querida Colombina perdida y en su hija! ¡Con qué frecuencia aquellas lágrimas aún permanecían gruesas en sus ojos cuando marchaba por el escenario a la cabeza de un ejército ficticio o cuando cojeaba para entregar la misma y eterna carta al mismo y eterno petimetre protagonista de la alta comedia! ¡Comedia, efectivamente! Si la gente, que delante de las luces se reía a carcajadas ante la comicidad del caballero elegante y voluble de la obra, simplemente hubiese visto lo que arrastraba el corazón del lacayo viejo y triste que le llevaba el chocolate y los periódicos, todo el ingenio del mundo no habría salvado a la comedia de que se llegara a transformar en la tragedia más conmovedora que jamás se haya escrito.

Pero llegó la hora —mucho después de esto, sin embargo— en que terminó la relación de Reuben con el teatro. Como si la suerte hubiera ligado irónicamente los destinos teatrales del genial actor a los del pequeño actor, el año en que Kemble se retiró de la escena fue el mismo año en que despidieron a Wray.

Desde hacía algún tiempo, Wray era demasiado viejo para ser útil. En aquella época estaba cambiando el mundo del teatro en el que se había criado, y Wray no pudo cambiar con él. Un hombrecillo de fieros ojos negros, cuyo nombre era Edmund Kean, había llegado de provincias y brillaba como un cometa a través de las brumas convencionales, anticuadas y espesas del teatro inglés. A partir de esa época, la nueva escuela comenzó a crecer, y la vieja escuela, a hundirse; y Reuben se hundió en el torbellino junto con otros átomos insignificantes. Al final de la temporada, se le informó de que sus servicios nunca más serían necesarios.

Fue entonces, al encontrarse una vez más desamparado en el mundo —casi tanto como la primera vez que había estado en Londres con la pobre Colombina—, cuando se le ocurrió la idea de probar con la oratoria. Tenía una pequeña suma de dinero para empezar que le había donado su rico colega cuando había abandonado el teatro. ¿Por qué no podría salir adelante como profesor de oratoria en provincias, si alguno de sus compañeros de teatro con papeles más importantes salía adelante con la misma vocación en Londres? Sin duda era la necesidad la que hablaba: no había que dudarlo, sino probarlo. Tenía una nieta a la que mantener, así que lo intentaría.

Su método de enseñanza era extremadamente simple. Solo tenía un remedio para cualquier tipo de deficiencia que tratase: el remedio de Kemble. Había observado a Kemble año tras año, hasta conocerlo a fondo y, por así decirlo, aprendérselo de memoria. ¿Que un alumno quería caminar por el escenario correctamente? Le enseñaba cómo caminaba Kemble. ¿Que un político prometedor quería llegar a ser un orador admirable? Le enseñaba la gesticulación de Kemble en Bruto. Y lo mismo respecto a las necesidades estrictamente vocales. ¿Que el caballero número uno deseaba aprender el arte de la lectura en voz alta? Le enseñaba las cadencias de Kemble. ¿Que el caballero número dos se sentía inseguro de su pronunciación? Se le enseñaba el sonido de las vocales, de las consonantes y de las sílabas difíciles de pronunciar justo como Kemble lo hacía en el escenario. ¿Y de qué libro salía lo que les enseñaba? ¿Con qué manual perfeccionaba igualmente a sacerdotes y oradores, a aspirantes a la fama teatral, a señoritas que hablaban sin gracia y a jóvenes caballeros cuya dicción era incorrecta? Con Shakespeare. A todos ellos, ¡con Shakespeare! No tenía idea de nada más, para él la literatura significaba Shakespeare. Esa era su gran gloria y triunfo, se sabía a Shakespeare de memoria. Todo lo que conocía, cada recuerdo cariñoso y tierno, cada pequeño honor que había ganado en su pequeña esfera vacía, ¡estaba con seguridad asociado de algún modo a William Shakespeare!

Y ¿por qué no? ¿Qué es Shakespeare sino un gran sol que brilla sobre la humanidad, lo mismo sobre grandes que pequeños? ¿No han penetrado para bien los rayos de esa enorme luz en muchos lugares pobres y humildes? Entonces, ¿cómo asombrarse de que esos rayos cayeran, gratos y tonificantes, también sobre Reuben Wray? Y así, acertado o equivocado, con Shakespeare como libro de texto y Kemble como modelo, nuestro amigo, en su vejez, invadió con valor la Inglaterra provinciana como profesor de oratoria pertrechado con sus nuevos logros. Y, aunque ocasionalmente tuvo que resistir privaciones espantosas, me alegra poder contar que ¡acabó apañándoselas para hacer que la oratoria —o lo que en lugar de eso enseñara a sus clientes— lo mantuviera a él y a su nieta!

No puedo decir que los oradores o los sacerdotes demandaran ansiosos las mejoras secretas de Wray a tres chelines y seis peniques la hora (vean el anuncio), o que las señoritas buscaran «las virtudes del buen hablar en público», o los jóvenes caballeros, «la dicción más apropiada» (vean el anuncio de nuevo) a partir de su aquilatada experiencia. Sin embargo, salió adelante por otras vías. Algunas veces se le contrató para instruir a los chicos en el reparto de premios de alguna escuela rural. Otras veces se ocupaba de impedir que los actores aficionados de provincias destrozaran por completo un diálogo y se empujaran sin cesar los unos a los otros en el escenario. En esta última faceta, de vez en cuando, consiguió un buen empleo, especialmente en las compañías de aficionados que encontraban sus condiciones económicas bastante asequibles y sus conocimientos sobre la disciplina teatral de inestimable utilidad.

Pero oportunidades como aquellas no eran nada si se comparaban con las que conseguía cuando ocasionalmente lo contrataban para supervisar toda la parte más laboriosa del oficio para las funciones de aficionados en las casas de campo. En estos casos, se encontraba con una generosidad mayor de la que nunca se hubiese atrevido a imaginar; aquí la carta de recomendación de Kemble, que daba fe de su honestidad y conocimiento general del teatro —el último legado de amabilidad del gran actor que llevaba siempre consigo—, aseguraba un efecto prodigioso. Wray y la pequeña Annie, y un tercer miembro de la familia a quien presentaré a continuación, vivieron juntos durante meses de las inesperadas ganancias que procuraban las funciones teatrales de aficionados. Los jóvenes, en medio de sus diversiones, encontraban tiempo para sentir lástima del antiguo y desdichado actor y para admirar a su preciosa nieta, y pagarle generosamente por sus servicios cinco veces más de lo que Wray se habría aventurado a pedir jamás.

Así, vagando de ciudad en ciudad, algunas veces tristemente sin éxito, y otras, reanimado por una pequeña prosperidad, Wray se había marchado de Stratford-upon-Avon cuando el siglo actual era aproximadamente veinticinco años más joven de lo que es ahora, para probar suerte con la oratoria y con la gente de Tidbury-on-the-Marsh, enseñando las virtudes del buen hablar en público ¡a los setenta años de edad y con la mitad de la dentadura! ¿Tendría éxito? Por mi parte así lo espero. Hay algo en la función que representa este pobre anciano, profundamente maltratado por la vida, que lucha aún por abrirse camino en el mundo, y por su nieta, a quien ama más que a sí mismo —que lucha, a pesar de ser una reliquia de antaño, para continuar viviendo en una nueva época que ya lo ha rebasado y que apenas escucha la débil voz de otros tiempos, salvo para reírse—, sin duda hay algo que niega todas las sensaciones de ridículo y que aboga por la compasión y la buena voluntad de todos.

Pero, por ahora, ya he hablado bastante sobre Reuben Wray. Vayamos entonces al número 12 a conocerlo, sin olvidar su caja de caudales.

III

EL SEÑOR WRAY Y SU FAMILIA

El desayuno está puesto en el saloncito del alojamiento de Reuben. Observen que nuestro amigo no ha alquilado el salón, Wray nunca ha poseído un lujo doméstico similar en su vida. El cuarto solo se lo ha prestado la casera, quien está muy impresionada por la delicadeza trágica de Annie y por la educación y «manera de hablar» de su nuevo inquilino. Les repito que las cosas del desayuno están en la mesa. Tres tazas, un pan, media libra de mantequilla salada, algo de azúcar sin refinar en un platillo y una tetera negra de loza con el pitorro roto son los lujosos preparativos que tientan a Wray y a su familia a bajar a las nueve de la mañana al saloncito, ¡pero aún no ha aparecido nadie!

¡Escuchen! Se oye el crujido de unas botas, al principio es un ruido muy lejano, que desciende, al parecer, desde algún altillo de la parte alta de la casa. El sonido, que pesadamente se aproxima cada vez más, solo se para ante la puerta del salón y anuncia la entrada de… ¿Wray, por supuesto? ¡No! No tenemos tanta suerte. Creo que no lograremos recibirlo en persona. El individuo en cuestión no tiene parentesco con él, aunque se le considera un miembro de la familia, y, como es el primero en bajar las escaleras, sin duda se merece la recompensa de que hable de él inmediatamente.

Mide aproximadamente un metro ochenta, es fuerte y robusto en proporción a su estatura y aparenta unos treinta años. Su modo de andar es bastante torpe, sus facciones son amplias y mal proporcionadas, tiene la cara picada de viruela y el cabello que le queda en la cabeza, no mucho, parece crecer a la vez en todas las direcciones contrarias. No conozco nada de él que se pudiera alabar, excepto su carácter. Siempre está de tan buen humor, es tan sincero, incluso tan inocente, que eso contribuye a corregir todo lo demás. Sus ojos miran con una honestidad y con una bondad tan intensas que deslumbran la percepción de la tosca nariz y la irregularidad de la boca y de la barbilla hasta que apenas se sabe si son feas o no. En cierto sentido, algunos hombres son feos aunque tengan los rasgos del Apolo Belvedere, y otros son guapos a pesar de tener unas facciones gracias a las cuales podrían posar para una caricatura. Nuestro nuevo conocido era de esta última categoría. Permítanme presentarles: GENTILES LECTORES - JULIO CÉSAR. ¡Alto! No empiecen con aquellas clásicas sílabas… Les explicaré todo.

La historia de Martin Blunt, alias Julio César, es tan buena como la historia de Reuben Wray. Al igual que él, comenzó su vida profesional con actores ambulantes. Sin embargo, Blunt no era actor, sino carpintero, portero, apagavelas y recadero para todo. En una ocasión, cuando la compañía estaba ambiciosamente concentrada en profanar la obra de Shakesperare Julio César, el actor que encarnaba al emperador enfermó. Como todos los otros miembros de la compañía estaban ocupados en la obra y no quedaba nadie para sustituirlo, recurrieron a la desesperada a Martin Blunt. Blunt era lo bastante imponente como para hacer de héroe romano, y eso fue todo lo que vieron en él.

Primero, acortaron su papel tanto como pudieron y, después, metieron lo que pudieron de lo que quedaba en su reacio cerebro, pusieron una sábana blanca sobre el cuerpo del pobre muchacho a modo de toga, le colocaron un bastón de mando en la mano y una barba corta en la barbilla, y lo subieron sin ningún escrúpulo al escenario. Su actuación fue recibida con carcajadas, pero consiguió llevarla a cabo: fue debidamente asesinado, cayó dando un porrazo que desplazó el decorado de alrededor al centro del escenario y obtuvo una gran ovación toda para él.

Blunt nunca lo olvidó. Fue su primera y última aparición en escena y, en su inocencia, presumía de ello en cada ocasión como si hubiera sido el gran honor de su vida. Cuando llegó a Londres —y, como diestro carpintero que era, obtuvo trabajo en el Drury Lane—, sus compañeros se las apañaron para sonsacarle inmediatamente la historia de su primera actuación y la convirtieron en algo de lo que siempre se reían. Se le eligió como blanco de la broma y se le apodó por aclamación universal «Julio César». Todo el mundo le concedió este título clásico y yo solamente sigo la tendencia general en estas páginas. Si no les gusta el nombre, llámenlo de cualquier otra manera que deseen. Blunt tiene demasiado buen humor como para ofenderse con ustedes, hagan lo que hagan.

Así se presentó al viejo Wray.

En la época del ocaso de la carrera de Reuben en el Drury Lane, nuestro joven y robusto carpintero acababa de entrar a trabajar allí. Una noche, aproximadamente una semana antes de la puesta en escena de una nueva pantomima, se desplomó un trozo de la pesada maquinaria justo cuando Wray pasaba por allí. Habría caído sobre él de no ser por Julio César (¡no puedo llamarle Blunt!), quien, arriesgando sus propios brazos, atrapó la masa desplomada y, en un formidable acto de fuerza física, la detuvo en plena caída hasta que el anciano se hubo alejado cojeando del peligro. Esto condujo a la amistad de la gratitud, a la confianza. A pesar de las diferencias de carácter y de edad, de algún modo Wray y su protector parecían encajar bien el uno con el otro. En resumen, cuando Reuben comenzó a enseñar oratoria en provincias, el carpintero lo siguió como protector, ayudante, sirviente o lo que ustedes quieran.

Julio César tenía un motivo especial para unirse al destino del viejo Wray, motivo que aparecerá rápidamente, en cuanto la pequeña Annie entre en el saloncito. Torpe como no puede serlo nadie más, no fue ningún estorbo, sin duda. Se hizo útil y provechoso de cincuenta maneras diferentes. Repartió folletos solicitando mecenazgo, montó el escenario cuando Wray consiguió compromisos en teatros de aficionados, trabajó como oficial de carpintería cuando fracasaron otros recursos y, en realidad, estaba dispuesto para todo, desde apremiar a alguien por un impago hasta limpiar un par de zapatos. Por momentos, su señor podía ser tan irritable como el que más y lo trataba como un menor de edad en sus esporádicos arrebatos de mal humor. Julio César jamás replicaba y nunca parecía resentido. Las únicas cosas que no podían conseguir que hiciera eran que dejase de tirar al suelo sin querer todo lo que tenía a su alcance y que mejorase el movimiento de sus brazos y piernas según los principios del muy recordado Kemble.

Volvamos al saloncito y al desayuno. Julio César, el de las botas ruidosas, entró en la habitación con un costurero pequeño —que había estado haciendo en secreto desde hacía algún tiempo— en una mano, y una corbata de muselina en la otra. Era el cumpleaños de Annie. El costurero era un regalo, y la corbata, como dirían los franceses, un hommage para la ocasión.

Su primera acción fue dejar caer el costurero y recogerlo de nuevo rápidamente; la segunda, fue ir al espejo —no había ninguno que adornara su alcoba en el altillo— e intentar ponerse la corbata nueva. Solo la había medio anudado y estaba, totalmente impotente, titubeando con el lazo, cuando sonaron unas ligeras pisadas en la alfombra del exterior de la habitación. Annie entró.

—¡Julio César ante el espejo! ¡Oh, Dios Santo, qué puede haberle ocurrido! —exclamó la chica, riéndose alegremente.

Qué lozana y preciosa estaba cuando se acercó rápidamente y, diciéndole que se detuviera, le anudó la corbata de inmediato, poniéndose de puntillas:

—Así —dijo—, ya está hecho. Señor, ¿qué tiene que decirme en mi cumpleaños?

—Tengo un costurero para usted y me alegro de que sea su cumpleaños — dijo Julio César, demasiado confundido por el inesperado nudo de corbata como para saber exactamente lo que decía.

—¡Oh, es un costurero magnífico! ¡Muy amable de su parte, sin duda! Lo trataré con mucho cuidado. Venga, señor, después de esto supongo que debo decirle que me dé un beso —y, poniéndose de nuevo de puntillas, alzó la mejilla sonrosada y lozana para que él la besara, con tal mezcla de timidez, gratitud y gozo en su mirada que lamento decir que Julio César se sintió inclinado a dejarse caer en el acto de rodillas y adorarla por completo.

Antes de que el lector respetable tenga tiempo de considerar todo esto muy indecoroso, quizás deba insertar alguna palabra y explicar lo que Annie Wray había prometido a Martin Blunt (doy aquí su nombre real porque este es un asunto serio). Sí, en realidad, Annie le había prometido que algún día sería su esposa. Ella había mantenido siempre todas sus promesas, y puedo decirles que estaba especialmente decidida a mantener esta también.

«¡Imposible! —exclamará la mujer lectora—. Con su belleza ella podría aspirar a mucho más que a un carpintero pobre. Además, ¿cómo podría interesarse por un tipo tan torpe y poco elegante que, encima, es feo, diga lo que diga usted sobre su carácter?».

Podría replicar, señora, que nuestra pequeña Annie había mirado mucho más a fondo de las apariencias a la hora de escoger marido, y que había encontrado ciertas cualidades en el corazón y en el temperamento de este pobre carpintero que la habían enamorado, sí, y que hacían que lo respetara y admirara. Pero prefiero hacer una pregunta a modo de respuesta: ¿nunca encontró personas de su mismo sexo, mujeres jóvenes, magníficas, románticas y encantadoras que han dejado bastante estupefacto a todo su círculo de parientes y amigos al casarse de repente con hombres maduros, prácticos y de apariencia insignificante, mostrando, además, y por si fuera poco, todos los síntomas de cariño hacia ellos? Me imagino que debe haber visto casos como estos que he mencionado y, cuando pueda explicármelos para mi satisfacción, me alegraré de detallarle el anómalo compromiso de la pequeña Annie.

Mientras tanto, bien se puede contar que a Wray solo se le había insinuado esta curiosa aventura amorosa una sola vez. El anciano enseguida había montado en cólera y amenazado con algo extremadamente nefasto si alguna vez se volvía a pensar en ello. Solitario y doliente como estaba de los otros vínculos familiares, Wray tenía celos de la gente que quería a su nieta, lo cual, en casos como el suyo, es la flaqueza más disculpable y pura. Y, si un duque le hubiera pedido matrimonio a Annie, dudo muchísimo que Wray lo hubiera permitido, salvo con el acuerdo de que vivieran todos juntos.

En estas circunstancias, no se volvió a aludir nunca más al compromiso. Annie había dicho a su enamorado que debían esperar y ser pacientes, y seguir siendo como hermanos hasta que llegasen mejores oportunidades y tiempos más favorables. Y Julio César había escuchado y obedecido rigurosamente. Era tan bueno como un perro grande y fiel con su prometida. Él la amaba, cuidaba de ella y la protegía con todo su corazón y fortaleza, solo pidiendo a cambio el privilegio de satisfacer cualquier menor deseo de ella.

Bien, este beso, sobre el que he hecho una digresión bastante larga, afortunadamente se acababa de dar cuando sonó otro paso fuera de la habitación: la puerta se abrió y… ¡sí!, ¡al fin lo tenemos en persona! ¡Entre,

Reuben Wray!

La edad lo había hecho encorvarse al andar y, aunque intentaba disimularlo, no lo conseguía. Tenía las mejillas hundidas y la cara llena de arrugas, que no eran solo obra del tiempo, sino también de las dificultades. Todavía había vitalidad en la mente de este pobre hombre, y aún había coraje en su corazón. Su apariencia no había perdido del todo la vivacidad; ni su sonrisa, la calidez. Si así lo desean, tienen ante ustedes el auténtico caminar y el verdadero porte de un Kemble. Por otro lado, está la majestuosidad trágica y unos modales que el desafortunado Julio César contemplaba a diario y que todavía no podía ni copiar ligeramente… Miren otra vez. Su vestuario, gastado como estaba —me temo que remendado en algunos sitios—, no tenía ni una mota de polvo, y los pelillos que le quedaban en su calva se los cepillaba tan cuidadosamente como si se regocijara en los hermosos bucles de Absalón. ¡No! Aunque la desgracia, la decepción, la pena y la fuerte necesidad económica lo habían estado atacando despiadadamente durante bastante más de medio siglo, ¡todavía no habían conseguido derribar a nuestro viejo y valiente amigo! A los setenta años, aún se mantenía en pie en el cuadrilátero de la vida, muy seriamente castigado, como dicen los púgiles, ¡pero decidido a ganar el combate al final!

—Que tengas mucha felicidad en este día, cariño —dijo el viejo Reuben acercándose a Annie y besándola—. Cumples veinte años, y yo he vivido para verlo. ¡Gracias, Señor!

—Mira mi regalo, abuelo —dijo la muchacha, y le mostró con orgullo su costurero—. ¿Eres capaz de adivinar quién lo ha hecho?

—¡Eres un buen tipo, Julio César! —exclamó Wray adivinándolo directamente—. Buenos días; estréchame la mano. —Después dijo a Annie, en voz baja—: ¿Ha roto algo en particular desde que se ha levantado?

—¡No!

—Me alegro de oírlo. Julio César, déjame que te ofrezca un pellizco de rapé.

Y entonces sacó su cajita exactamente al estilo de Kemble. Wray tenía su estilo natural de sacar la cajita de rapé y también el estilo de Kemble. Lo primero solo aparecía cuando algo le gustaba mucho o cuando algo lo conmovía. Lo segundo era para aquellas ocasiones cotidianas en que tenía tiempo para recordar que era profesor de oratoria y discípulo del Roscio inglés.

—Gracias, muy amable —dijo el carpintero satisfecho, acercando con cautela sus enormes índice y pulgar hacia la caja del ofrecimiento.

—¡Alto! —gritó el anciano. Wray, de repente apartó la cajita. Daba clases de oratoria a Julio César cuando no tenía a nadie más a quien enseñar, sencillamente para no perder la práctica—. No es así. En primer lugar, «gracias, muy amable», aunque esté permitido, es muy poco elegante. «Señor, le estoy muy agradecido» es la frase apropiada. Aprecia que digo «agradecido», nunca digas «agradeció», como hacen algunas personas. ¡Y recuerda que lo que te estoy diciendo ahora Kemble se lo dijo una vez al príncipe regente! El siguiente consejo que debo darte es este: nunca cojas tu pizca de rapé con los dedos índice y pulgar de la mano derecha, deberías cogerlo siempre con la izquierda. ¿Quizás te gustaría saber por qué?

—Sí, por favor, señor —dijo el discípulo lleno de admiración y con mucha humildad.

—«Sí, si gusta usted, señor» habría estado mejor, pero voy a dejar pasar ese pequeño error. Y ahora te contaré el porqué con una anécdota. Un día, Matthews estuvo imitando a Kemble en su interpretación de Penruddock delante de él, en la magnífica escena donde se detiene para tomar un pellizco de rapé. «Muy bien, Matthews, me gusta mucho», le dijo Kemble satisfecho cuando hubo terminado, «pero has cometido un error tremendo». «¿Cuál ha sido?», le respondió Matthews con brusquedad. «Amigo mío, no me has interpretado tomando rapé como un caballero, y siempre lo hago así. Al imitar mi Penruddock, cogiste la pizca de rapé con tu mano derecha, mientras que yo empleo la izquierda. Un caballero siempre lo hace así porque entonces tiene la mano derecha limpia de tabaco para estrechársela a su amigo». ¡Recuérdalo! Y ahora puedes coger un pellizco.

A continuación, Wray se giró para hablar con Annie, pero al instante su voz se ahogó en una explosión de estornudos inmejorablemente provocada por el infeliz Julio César, cuyos nervios nasales se habían convulsionado por el rapé. Mentalmente, el viejo Reuben se decidió a no ofrecer nunca más la caja de rapé a su fiel seguidor y renunció a hacer a Annie el comentario que se había propuesto hasta que todos estuvieron tranquilamente sentados a la mesa del desayuno. Entonces, volvió a la carga con renovada determinación.

—Annie, hija —dijo—, tú y yo hemos leído juntos muchísimo a nuestro «divino» Shakespeare, como Kemble siempre lo llamaba. Como sabes, eres mi alumna habitual y a estas alturas debes de ser capaz de citar a Shakespeare tanto como yo. Voy a ponerte a prueba con algo nuevo. Supón que te hubiera ofrecido a ti la pizca de rapé (Julio César nunca tendrá otra, puedo prometértelo), ¿qué habrías citado de Shakespeare aplicable a esta situación? ¡Piénsalo!

—Pero, abuelo, el rapé no se conocía en la época de Shakespeare, ¿no es así? —dijo Annie.

—¡Eso no importa! —replicó el anciano—. Shakespeare estuvo y estará en todas las épocas, puedes citarlo para cualquier cosa del mundo mientras el mundo exista. ¿No sabes citarlo para el asunto del rapé? Yo sí. Ahora, escucha. Tú me dices: «¿Puedo ofrecerle una pizca de rapé?», y yo contesto con Cimbelino, acto IV, escena 2: «¡Pisanio, voy a tomar un poco de tu droga!». ¡Eso es! ¿No? ¿Qué es el rapé sino una droga para la nariz? ¡Encaja! Todo lo del divino Shakespeare encaja cuando lo conoces de memoria, como yo lo conozco, ¿eh, pequeña Annie? Y ahora dame algo más de azúcar. Por ti, hija, me gustaría que fuera en terrones, pero me temo que solo nos podemos permitir este azúcar sin refinar. ¿Llamó alguien por el anuncio? Algún alumno nuevo esta mañana, dime…

Ningún alumno, nadie, no había ni hombre, ni mujer ni niño de la ciudad a quien enseñar oratoria aún. Wray no estaba desanimado por ello en absoluto, se había hecho a la idea de que a lo largo del día tendría algún alumno, y eso era suficiente para él. Sus pequeñas observaciones sobre Shakespeare y el rapé le habían puesto de tan buen humor que continuó haciendo citas, recitando y comiendo pan con mantequilla, tan dinámico y contento como si todo Tidbury se hubiera unido para formar una clase enorme para él con el propósito de pagarle contante y sonante cada lección.

Pero, después de desayunar, cuando se olvidaron estas cosas, el anciano de pronto pareció acordarse de algo que cambió por completo su comportamiento. Primero, se desconcertó; después, se quedó callado; luego, sacó su Shakespeare y comenzó a leer con diligencia ostentosa, como si estuviera especialmente deseoso de que nadie le hablara.

Al mismo tiempo, un observador directo podría haber detectado que Julio César estaba haciendo varias muecas y señales torpes a Annie, que al parecer la muchacha entendía, pero a las que no sabía cómo responder. Al fin, con un gran esfuerzo, como si se hubiera armado de una determinación extraordinaria, Annie dijo:

—Abuelo, ¿no has olvidado tu promesa?

No hubo ninguna respuesta por parte de Wray. Probablemente, estaba demasiado absorto con Shakespeare para oírla.

—Abuelo —repitió Annie en voz más alta—, prometiste contarnos cierto secreto en mi cumpleaños.

Wray tuvo que oírla en esta ocasión y la miró con cara perpleja.

—Sí, hija —dijo—, lo prometí, pero casi deseo no haberlo hecho. Es un secreto demasiado peligroso para contarlo, pequeña Annie, ¡te lo aseguro! ¿Por qué tendrás tanta curiosidad en saberlo?

—Abuelo —rogó Annie—, seguro que puedes llamarme curiosa, y a Julio César también, por querer saberlo. Pero recuerdo que llevábamos solo tres días en Stratford-upon-Avon cuando llegaste terriblemente asustado y dijiste que nos debíamos marchar de inmediato. Nos mandaste hacer el equipaje y salimos todos a la carrera, más como presos que escapan de algo que como gente honrada.

—¡Sí, lo hicimos! —refunfuñó el viejo Reuben, comenzando a parecerse a un culpable.

—Bien —continuó Annie—, y no nos dijiste ni una palabra de por qué hacíamos todo eso. Y, después, tras marcharnos de Stratford, cuando te preguntamos por qué nunca soltabas de tus manos la vieja caja de caudales, donde solía guardar yo mis trastos, tampoco nos lo decías, y nos ordenaste no volver a mencionar jamás este episodio. Solo en uno de tus especiales momentos de buen humor fue cuando conseguí la promesa de que nos lo contarías todo en mi próximo cumpleaños, «para celebrar el día», dijiste. Estoy segura de que se nos puede confiar cualquier secreto, y no creo que sea una gran curiosidad querer saberlo.

—¡Muy bien! —dijo Wray, y se levantó con una especie de tranquilidad desesperada—. Lo he prometido y, pase lo que pase, mantendré mi promesa. Esperad aquí, vuelvo ahora mismo.

Y, con mucha prisa, abandonó la habitación.

Regresó inmediatamente con la caja de caudales. Annie pensó que era un trasto demasiado destartalado y abollado como para guardar ningún secreto, mientras Wray ponía la caja sobre la mesa y, solemnemente, colocaba las manos a los lados de esta.

—Entonces —dijo el viejo Wray con su tono trágico más profundo y con un aire muy serio—, prometedme por vuestro honor, el de ambos, que nunca diréis una palabra sobre lo que voy a contaros a nadie, bajo ningún concepto, y no me importa lo que ocurra, ¡bajo ningún concepto!

Annie y su enamorado lo prometieron rápidamente con mucha seriedad. Se estaban poniendo nerviosos a causa de tan elaborados preparativos previos a la declaración de Wray.

—¡Cierra la puerta! —dijo Wray, susurrando de forma teatral—. Ahora, sentaos y escuchad, voy a contaros el misterio.

IV

EL MISTERIO DE LA CAJA DE CAUDALES

—Supongo —dijo el viejo Reuben— que ninguno de vosotros ha olvidado que el segundo día de nuestra visita a Stratford salí por la tarde a cenar con un íntimo amigo a quien conocía desde niño y que vivía a poca distancia de la ciudad.

—¡Olvidar aquello! —exclamó Annie—. Creo que no podríamos olvidarlo jamás. Estuve muy preocupada por ti aquella noche.

—¿Preocupada, por qué? —preguntó Wray con brusquedad—. Annie, ¿quieres decir que sospechabas…?

—No sé lo que sospechaba, abuelo, pero pensaba que ir a dormir a casa de tu amigo y no regresar hasta la mañana siguiente, como tú nos dijiste que harías, era algo muy insólito. Era la primera vez que dormíamos bajo techos diferentes, ¡solo pensé eso!

—Me da vergüenza admitir, hija —replicó Wray, quien de repente comenzó a parecer muy inquieto y a hablar de manera nerviosa—, que en aquella ocasión me volví un mentiroso o algo peor. Os engañé. No tenía ningún amigo con quien ir a cenar aquella noche y, por supuesto, no estuve en ninguna casa.

—¡Abuelo! —gritó Annie, sobresaltándose—, ¿qué quieres decir?

—Le pido que me perdone, señor —añadió Julio César, poniéndose rojo y cerrando despacio sus enormes puños mientras hablaba—. Le pido que me perdone, pero si le molestaron o si algún tipo se burló de usted aquella noche, me gustaría que me dijera quiénes son y dónde puedo encontrarlos.

—Nadie me trató mal —dijo el anciano con tono firme e incluso solemne —. ¡Pasé aquella noche cerca de la tumba de William Shakespeare, en la iglesia de Stratford-upon-Avon!

Annie se acomodó de nuevo en el asiento y, de repente, perdió por completo el hermoso color de su rostro. El digno carpintero se sobresaltó tanto que rompió la barra del respaldo de la silla. Era una variante de sus habituales destrozos, que se limitaban a copas, platillos y vasos de vino.

Wray no se percató del accidente. Lo que fue suficiente para demostrar definitivamente que estaba inquieto por algo. Después de un momento de silencio, habló otra vez, olvidando por completo el estilo y la oratoria de Kemble mientras proseguía.

—Os repito que pasé toda aquella noche en la iglesia de Stratford y vosotros deberíais saber por qué. Annie, tú viniste conmigo por la mañana (fue el martes, sí, el martes por la mañana) para ver el busto de Shakespeare en la iglesia. Lo miraste, al igual que otros, solo como una curiosidad. Yo lo miré como el tesoro más maravilloso del mundo. ¡El único retrato verdadero de Shakespeare! Se hizo a partir de una máscara tomada de su propia cabeza después de morir, lo sé. No me preocupa lo que diga la gente, yo sé que es así. Bien, cuando fuimos a casa, sentí como si hubiera visto a Shakespeare en persona, ¡resucitado de entre los muertos! Los que no me conocen se reirían si se lo contara, pero es la verdad, sentí eso… Y me cruzó la cabeza un pensamiento, rápido como la punzada de un dolor repentino: debía hacer que el retrato de Shakespeare fuera mío; mi pertenencia, mi compañero, ¡un gran tesoro que no se puede pagar con dinero! ¡Y lo tengo! ¡Aquí! ¡El único vaciado del busto de Stratford está bajo llave en esta vieja caja de caudales!

Wray se calló un momento. La estupefacción mantuvo en silencio a ambos oyentes.

—Los dos sabéis —continuó— que me crie siendo el aprendiz de un escultor. Entre otras cosas, él me enseñó a hacer vaciados, que era la parte más sencilla de nuestro trabajo. Pensé que podría sacar un molde del busto de Stratford si tenía valor, y, finalmente, me vino el coraje. Me vino ese martes. Fui a comprar escayola, jabón soluble y una palangana de un galón, esos fueron mis materiales, y los metí todos en una vieja bolsa de lona. Además de eso, todo lo que necesitaba era agua, y la vi en la sacristía de la iglesia por la mañana: había un jarro, supongo que se había dejado allí el domingo, donde se había puesto agua para el uso del cura. Pude llevar con bastante comodidad la bolsa debajo de la capa, ya me entendéis… Lo único que me planteaba problemas era cómo conseguir volver a entrar en la iglesia sin levantar sospechas. Mientras lo pensaba, pasé por delante de la puerta de la taberna. Había algunas personas en los escalones que charlaban con otras que estaban en la calle. Habían acordado ir todos juntos a ver el busto y la tumba de Shakespeare precisamente esa tarde. Eso era lo que necesitaba, y decidí entrar en la iglesia con ellos.

—¡Cómo! ¿Y quedarte allí toda la noche, abuelo?

—Y quedarme allí toda la noche, Annie. Como sabéis, hacer un molde no es un trabajo muy largo, pero quería hacer el mío sin que me vieran y, de madrugada, antes de que nadie estuviera despierto, era el único momento para hacer el molde en la iglesia sin peligro. Además, quería tener mucho tiempo porque no estaba seguro de lograrlo a la primera después de llevar tanto sin practicar y sin hacer vaciados. Pero, cuando llegó el momento, escuchad cómo lo hice. Bien, inventé una historia sobre lo de quedarme a dormir y cenar en casa de un amigo porque no sabía lo que podía ocurrir y porque… porque, en resumidas cuentas, no quería contaros lo que iba a hacer. Así que, en secreto, me acerqué a la iglesia y esperé hasta que llegó el grupo. Se retrasaron… Ya estaba a punto de anochecer antes de que llegaran. Entramos todos juntos, y yo, como sabéis, con mi bolsa escondida bajo la capa. Afortunadamente, el hombre que nos había enseñado la iglesia por la mañana no estaba allí. Una anciana asumió esa responsabilidad por él durante la tarde. Esperé hasta que todos los visitantes se congregaron alrededor de la tumba de Shakespeare, molestando a la pobre mujer con preguntas tontas sobre él. Supe que ese era el momento, y me escabullí hasta la sacristía, abrí el armario y me escondí entre las sobrepellices tan silencioso como un ratón. Después de un rato, oí que uno de los desconocidos de la iglesia (eran muy maleducados y bulliciosos) preguntó a los otros que qué había sido del «carcamal con capa», y los otros le respondieron que, como hombre prudente, debía de haber salido y que ellos harían mucho mejor en seguir su ejemplo ya que hacía mucho frío y se estaban aburriendo en la iglesia. Se marcharon, oí que se cerró la puerta y supe que estaría encerrado en la iglesia durante toda la noche.

—¡Toda la noche en una iglesia! Abuelo, ¡qué asustado debías de estar!

—Bueno, Annie, estaba un poco asustado, pero más por lo que había ido a hacer allí que por estar solo en la iglesia. Pero dejadme que prosiga con mi historia. Como era otoño, después de que se marchara la gente, oscurecía demasiado para que yo pudiera hacer algo, así que me armé de coraje para esperar hasta la mañana. Lo primero que hice fue ir a mirar tranquilamente el busto, y pensé que podía hacer el molde en tres o cuatro piezas. Quería lo que se llama «una máscara», solo el rostro sin la cabeza. Sacar la máscara del busto era algo sencillo, supe que podía hacerlo, pero de alguna manera no me sentí lo bastante cómodo entonces. Estaba completamente solo en la iglesia. El busto comenzó a mirarme de forma espantosa bajo esa luz descolorida. En ese instante era como mirar al fantasma de Shakespeare. Si no hubieran cerrado la puerta, creo que habría salido corriendo de la iglesia; pero no podía hacer eso, así que me arrodillé, besé la lápida (se me ocurrió una curiosa fantasía cuando lo hice: era como desearle buenas noches a Shakespeare) y, después, regresé a tientas a la sacristía. Una vez que entré en ella y hube cerrado la puerta que había entre la tumba y yo, os aseguro que me volví más valiente y me dije que no estaba haciendo ningún daño, que no iba a perjudicar el busto y que solo quería lo que un inglés y un viejo actor podían codiciar con justicia: una copia del rostro de Shakespeare. ¿Por qué no habría de poder cenar allí, rezar como es habitual y, por añadidura, echar una cabezada, si hubiese sido posible? Justo cuando pensé eso… ¡Tachán! Era el reloj que daba la hora. Y casi me tiré al suelo, a pesar de lo valiente que me sentía un momento antes. Tuve que esperar hasta que todo estuviera otra vez en calma antes de poder sacar un poco de pan y de queso que tenía en el bolsillo, y, cuando lo hice, no pude comer, estaba demasiado impaciente pensando en la mañana siguiente, así que me senté en el sillón del pastor y, después, intenté dormir.

—¿Y pudiste, abuelo?

—No, tampoco pude dormir. Al menos no al principio. Era noche cerrada y comencé a tener frío y miedo otra vez. En lo único en que podía pensar para mantener la moral alta era, primero, en rezar y, después, en recitar a Shakespeare. Y, Annie, luché como un dragón, obra tras obra, excepto las tragedias, pues me dio miedo recitarlas por la noche solo en una iglesia. Ahora bien, creo que había rebasado la mitad de El sueño de una noche de verano, musitando frase tras frase, cuando me las susurré adormilado. Entonces caí en una somnolencia extraña y, después, ¡soñé! Soñé con que la iglesia estaba llena de luz de luna, la luz más brillante que jamás había visto despierto. Salí de la sacristía y ¡ahí estaban las hadas de El sueño de una noche de verano (todas las criaturas eran como chispas de luz plateada) y bailaban alrededor del busto de Shakespeare! En el momento en que me divisaron, me llamaron con sus dulces voces de ruiseñor: «¡Vamos, Reuben, viejo astuto! Sabemos para qué está aquí y no nos importa. Usted ama a Shakespeare y nosotras también… ¡Baile, Reuben, y sea feliz! A Shakespeare le gustan los viejos actores, él mismo era actor… ¡Nadie nos ve! ¡Salimos por la noche! ¡Baile, viejo Reuben!… ¡Baile!». Y todos bailamos como locos, ahora arriba, por el aire, después abajo, por el suelo, y luego todos alrededor del busto al menos unas quinientas mil veces sin parar, hasta que… ¡Tachán, era el reloj! Y me desperté en la oscuridad con un sudor frío.

—¡Yo también lo tengo! —jadeó Julio César, dándose con vehemencia unos golpecitos en la frente con un pañuelo de algodón.

—Bueno, después de ese sueño me sentí capaz de recitar de nuevo; pegué otra cabezada y tuve otro sueño, terrible esta vez, sobre fantasmas y brujas, que no recuerdo tan bien como el otro. Me desperté una vez más, con frío y de lo más asustado por si me había pasado durmiendo todo el precioso amanecer. ¡No!, todavía todo era oscuridad. Volví a entrar en la iglesia y, después, regresé a la sacristía porque no era capaz de permanecer allí. Supongo que hice esto una docena de veces sin saber por qué. Al final no volví a dormirme y de alguna manera pasé la noche, esa noche que parecía no acabar nunca. Poco después del alba, comencé a caminar con paso enérgico por la iglesia, arriba y abajo, para entrar en calor, insistiendo durante mucho tiempo. Entonces, justo cuando vi a través de las ventanas que el sol se estaba elevando, abrí por fin mi bolsa y me preparé para trabajar. Os aseguro que me temblaba la mano y que mi vista se volvía borrosa (creo que tenía lágrimas en los ojos, pero no sé por qué) mientras enjabonaba la piedra para prevenir que se pegara la escayola que iba a poner. Después, mezclé la escayola con el agua en la palangana, teniendo cuidado de no dejar grumos y dándome cuenta de que lo hacía con tanta naturalidad como si hubiera dejado la tienda del escultor el día anterior. Luego… Pero no vale la pena contároslo, pequeña Annie, porque no entendéis de esto… Lo mejor es deciros brevemente que hice el molde en cuatro piezas, tal como había pensado que debía hacerlo: dos de la parte superior de la cara, y otras dos de la inferior. A continuación, tras haber extraído el molde de la caja de la escayola que lo sujetaba, conseguí sacar todo sin problemas, miré ¡y supe que había conseguido una máscara de Shakespeare del busto de Stratford!

—¡Oh, abuelo, qué contento debiste de ponerte!

—No, eso fue lo curioso. Al principio me sentí como si hubiera robado un banco o las joyas de la corona, o como si hubiera prendido fuego a un reguero de pólvora para volar todo Londres. ¡Parecía que hubiera hecho semejantes cosas! ¡Una audacia tremenda, algo grave! Pero, poco después, me dio algo así como una alegría frenética, apenas podía evitar gritar y cantar en voz alta. Entonces sentí una impaciencia febril por vaciar el molde enseguida y ver si la máscara salía sin desperfectos. Contener esa impaciencia era lo más duro que había tenido que hacer desde que había entrado en la iglesia.

—Pero, señor, al final, ¿cuándo salió? Por favor, ¡cuéntenos eso! —pidió Julio César.

—No salí hasta después de que el reloj diera las doce y de que me hubiera comido el pan y el queso —dijo Wray de forma bastante lastimera—. Me alegré bastante de oír desde la sacristía, donde había estado solo un momento antes, que, por fin, se abría la puerta de la iglesia. La mujer que entró era la misma que nos había mostrado el busto por la tarde. Esperé mi oportunidad y, entonces, me colé en la iglesia, pero la mujer se giró bruscamente justo cuando ya había hecho medio camino para salir y me alcanzó. Nunca me había asustado antes una mujer mayor, pero os aseguro que ella lo consiguió. «¡Oh! ¡Está usted aquí otra vez!», dijo. «¡Venga, esto no se hace! Ayer por la tarde se escabulló sin pagar nada; y hoy ha entrado otra vez detrás de mí, tan pronto como he abierto la puerta esta mañana… ¿No se avergüenza de ser tan mezquino? A su edad… ¿no se avergüenza?». En mi vida nunca he pagado con tanto gusto, Annie, como cuando le di a la anciana algo de dinero para que cerrara la boca. Y tampoco recuerdo haber vuelto a correr alguna vez desde que dejé el teatro (donde teníamos motivo para hacerlo, sobre todo, en las escenas de batallas); pero os prometo que en cuanto salí de la iglesia me puse a correr, corrí durante casi todo el camino a casa.

—Por eso parecías tan cansado cuando entraste, abuelo —dijo Annie—; en aquel momento no nos pudimos imaginar lo que te había ocurrido.

—Bueno —continuó el anciano—, tan pronto como pude alejarme de vosotros después de volver de la iglesia, me fui a encerrar en mi alcoba, saqué a toda prisa el molde de la bolsa de lona e, inmediatamente, hice el vaciado, ¡un vaciado precioso!, ¡un vaciado perfecto! Nunca fabriqué uno tan bueno cuando tenía práctica, Annie. Cuando me senté en el lado de la cama y miré a Shakespeare… mi Shakespeare… obtenido con tanto peligro y hecho con mis propias manos… —¡tan blanco, puro y hermoso, recién extraído del molde!

—, viejo como soy, hice todo lo posible para evitar bailar de alegría.

—Incluso así, abuelo —dijo Annie en tono de reproche—, decidiste quedarte con esa alegría solo para ti… ¡Decidiste ocultármelo!

—Fue un error, cariño, fue un error por mi parte no confiar en vosotros. Ahora lo siento mucho. Pero la alegría, después de todo, duró muy poco tiempo, solo de la tarde a la noche. Por la noche, si recordáis, fui a la carnicería a comprar algo para cenar, algo que pudiera apetecerme, para quedarme a gusto antes de irme a dormir (no tenéis ni idea de cómo necesitaba mi cama esa noche). Bueno, cuando entré en la tienda, había allí varias personas y… ¿de qué creéis que estaban hablando? ¡Recordarlo ahora hace que me den escalofríos! ¡Estaban hablando de un vaciado que habían sacado (de forma ilícita, mira por dónde) del busto de Stratford!

Annie volvió a palidecer inmediatamente en este momento de la historia. En cuanto a Julio César, aunque no dijo nada, era evidente que estaba sufriendo un segundo ataque de ese sudor frío y compasivo que ya había padecido. En ese momento estaba usando su pañuelo de algodón de manera más frecuente que nunca.

—Cuando entré, estaba hablando el carnicero —prosiguió Wray—: «¿Quién ha sío quien lo cogió?», dijo el hombre (¡su gramática y locución eran horribles, Annie!), «nadie lo sabe aún, pero el Ayuntamiento lo sabrá mañana y entonces se le cogerá». «¡Ah!», dijo un hombrecillo sucio vestido de negro, «le "moldearán" en la cárcel por hacer el molde, ¿eh?». Se reían a carcajadas de este pésimo juego de palabras. Entonces, otro hombre preguntó cómo lo habían descubierto. «Algunos dicen», contestó el carnicero, «que alguien le vio hacerlo al mirar por la ventana de forma accidental. Algunos dicen eso, pero nadie lo sabe, salvo los encargados de la iglesia, y no dirán nada hasta que lo hayan cogido». «Bueno», dijo una mujer que esperaba a que la atendieran con una cesta en la mano, «pero ¿cómo lo cogerán? (dos chuletas, por favor, cuando puedas), ese es el asunto: ¿cómo lo cogerán?». «Es bastante fácil, pueden creerme», dijo el hombre del penoso juego de palabras, «en primer lugar, han repartido octavillas ofreciendo una recompensa por él. En segundo lugar, van a interrogar a las personas que enseñan la iglesia. En tercer lugar…». «¡A la porra con tus "lugares"!», gritó la mujer, «me gustaría poder llevarme mis chuletas». «Ahí van, señora», dijo el carnicero cortándolas, «y, si quiere mi opinión sobre este asunto, aquí está: enseguida lo deportarán, sin tardar mucho tiempo». «No pueden», gritó el hombre sucio, «solo pueden encarcelarlo». «De por vida, ¿eh?», dijo la mujer, marchándose con las chuletas. «Por favor, póngame un par de riñones», dije, porque me temblaban las rodillas y no habría podido aguantar mucho tiempo allí.

—Entonces, abuelo, ¿pensabas que sospechaban de ti?

—Pensaba en lo terrible que era todo eso, Annie. Sin embargo, cogí mis riñones y salí sin más mientras seguían hablando del asunto. De camino a casa, vi la octavilla, ¡esa misma octavilla! ¡Diez libras de recompensa por detener al hombre que había hecho el vaciado! Lo leí dos veces sumido en una especie de trance aterrador. Me quitarían la máscara y me meterían en la cárcel, si no me deportaban… Ese era el estado en el que me encontraba, como para abrirme el apetito y comerme los riñones. Solo había una cosa que podía hacer: escapar de Stratford mientras pudiera. El carruaje nocturno salió directo aquella tarde a este lugar, que está lo bastante lejos de Stratford para ser seguro. Como sabéis, teníamos algo de dinero de la última función de aficionados donde nos habían tratado con tanta generosidad. En resumen, os mandé hacer la maleta, Annie, como decías, justo en ese momento, y nos marchamos en el carruaje a tiempo, sin atreverme a decir, durante todo el viaje, ni una sola palabra de mi secreto y de lo desgraciado que yo podía llegar a ser. Pero no hablemos más de ello, estamos aquí sanos y salvos, y aquí está mi rostro de Shakespeare, mi diamante sin precio, ¡sano y salvo también! La veréis, vais a mirar la máscara, los dos, y espero que entonces os daréis cuenta de que sabéis tanto como yo del secreto.

—Pero el molde… —dijo Annie—. ¿No tienes también el molde contigo?

—¡El Señor se apiade de mi alma! —exclamó Wray, golpeando en su desesperación la tapa de la caja con ambas manos—. Entre el miedo y la prisa por escapar, lo olvidé por completo. ¡Lo dejé en Stratford!

—¡Lo dejaste en Stratford! —repitió Annie, con un vago sentimiento de consternación que no podía explicar.

—Sí, envuelto en la bolsa de lona y guardado detrás de los volúmenes del registro anual del casero, en la balda superior del armario de mi alcoba. Entre pensar en cómo proteger la máscara y en cómo protegerme a mí mismo, lo olvidé por completo. ¡No te asustes, Annie! No es probable que lo encuentre la gente de la pensión, y, si lo encontraran, no sabrían lo que es y lo tirarían. Tengo la máscara y eso es todo lo que necesito. Para mí, el molde no tiene ninguna importancia. La máscara lo es todo. ¡Todo en el mundo!

—No puedo evitar estar asustada, abuelo, y tampoco puedo evitar desear que te hubieras traído el molde, aunque no sé por qué.

—Annie, estás asustada de que la gente de Stratford pueda haberme seguido el rastro hasta aquí. De eso es de lo que tienes miedo. Pero si tú y Julio César mantenéis el secreto, y sé que lo haréis, no hay nada que temer. No me cogerán ni me mandarán de vuelta a Stratford otra vez, ni a vosotros; y, si los encargados de la iglesia encuentran el molde, eso no les dirá dónde me marché, ¿no? Alza la vista, Annie, tontorrona. Aquí estamos completamente a salvo. Alza la vista y mira la maravilla que voy a enseñarte. Una maravilla que en Inglaterra nadie puede mostrar, excepto yo. La máscara… ¡la máscara de Shakespeare!

Sus mejillas se ruborizaron y le temblaron los dedos cuando sacó una llave del bolsillo y la metió en la cerradura de la vieja caja de caudales. Julio César, sin respiración por el asombro y el suspense, se puso las dos manos detrás de la espalda para asegurarse de no romper nada en ese momento. Incluso Annie se contagió del júbilo del anciano y empezó a respirar más rápido de lo normal cuando oyó el clic al abrir la cerradura.

—¡Aquí está! —gritó Wray, levantando la tapa—; ¡aquí está el rostro de William Shakespeare! Aquí está el tesoro que ni el señor más grande de esta tierra posee. ¡Una copia del busto de Stratford! ¡Mirad la frente! ¿Quién tiene una frente así? Mirad sus ojos, mirad su nariz. ¡No solo es el hombre más grande que haya existido jamás, sino también el más hermoso! ¿Quién dice que esta no es la que fue exactamente su cara justo después de morir? ¿Quién es lo bastante osado para decir eso? Simplemente, mirad la boca, caída y abierta. Esta es una prueba. Mirad la mejilla bajo el ojo derecho, ¿no veis el músculo con una ligera parálisis que lo alza un poco y que no se ve en el lado izquierdo? Esta es otra prueba. ¡Oh, Annie, Annie! ¡Aquí está la misma cara que, viva y radiante, una vez miró hacia este pobre y viejo mundo nuestro! ¡Aquí está el hombre que me consoló, me inspiró, me hizo lo que soy! ¡Aquí está la «falsificación», la preciosa reliquia terrenal de ese maravilloso espíritu que ahora está con los ángeles en el cielo, cantando entre los más dulces de ellos!

Su voz se volvió casi imperceptible y sus ojos se humedecieron. Permaneció mirando la máscara con un éxtasis y un júbilo que no se pueden expresar con palabras. En momentos como estos, a pesar de un rostro exiguo y pobre, el espíritu inmortal del interior puede brillar hacia el exterior con una belleza que nunca muere. ¡Incluso en esa morada terrenal, vieja y frágil, todavía puede reivindicar externamente el destino divino de toda la humanidad!

Estaban aún reunidos en silencio en torno a la máscara de Shakespeare cuando llamaron a la puerta de la habitación. Inmediatamente, el viejo Reuben bajó de golpe la tapa y cerró la caja, y también inmediatamente, sin esperar a tener permiso, entró un desconocido.

Vestía un abrigo grueso y largo, llevaba una bufanda roja alrededor del cuello y, en la mano, una gorra de piel de gato muy fea y vieja. Tenía la cara extraordinariamente sucia, los ojos extraordinariamente inquisitivos, el bigote extraordinariamente abundante y la voz aún más determinada y extraordinariamente ronca, a pesar de sus esfuerzos por dulcificarla para la ocasión.

—Señorita y caballeros, disculpen —dijo el recién llegado—: ¿quién es el señó Wray? —sus ojos viajaban alrededor de la habitación mientras hablaba, mirándolo todo y a cada uno de ellos. Bruscamente echó un vistazo a la caja de caudales.

—Yo soy el señor Wray, caballero —exclamó nuestro viejo amigo, considerablemente asustado, pero recobrando el estilo y la oratoria de Kemble como por arte de magia.

—Mu bien —dijo el desconocido—, entonces, discúlpeme de nuevo, señó, ¿podría usté ser tan amable de hacerme el favó de darme una tarjeta con los precios de sus clases de oratoria? Es para un joven caballero que le necesita, seño Wray —continuó en un susurro mientras se aproximaba al anciano y apoyaba de manera completamente despreocupada una mano sobre la caja.

—Señor, quite la mano de esa caja —gritó Wray de una forma muy violenta, pero con voz temblorosa. En ese mismo momento, Julio César avanzó un paso o dos, cerrando parcialmente los puños. Probablemente el hombre con la gorra de piel de gato no había estado tan cerca de ser agredido en su vida. Quizá lo sospechó y quitó su mano de la caja a gran velocidad.

—Fue involuntario, señó —subrayó explicándose—, un pequeño descuío por mi parte, eso es tó. Pero ¿podría hacerme el favó de darme esa tarjeta con sus precios? Han llegao noticias de su anuncio al joven caballero que le necesita y, como su pronunciación es de lo más defectuosa, lee en voz alta insoportablemente mal y como le es muy difícil mejorar… al caballero le han llegao noticias del tipo de secreto que usté ofrece, ya sabe, a oradores y pastores a tres con seis la hora. Tendrá noticias de él en privado, señó Wray, y del precioso trabajo que deberá hacer usté según sus condiciones, pero haga el favó de darme ya la tarjeta y el número de su casa porque yo prometí dárselo a él hoy.

—Aquí tiene la tarjeta, señor, y me ocuparé de que este caballero mejore su manera de hablar, aunque sea muy mala —dijo Wray considerablemente aliviado de escuchar la naturaleza real de la visita del desconocido.

—Señorita y caballeros, buenos días —dijo el hombre, poniéndose su gorra de piel de gato—. Tendrá noticias del joven caballero hoy, y, si no es así, señó, ¿podría mantener esta solicitú en secreto? —guiñó un ojo y salió.

—Reconozco que —murmuró Wray cuando se cerró la puerta— creía que era un ladrón de Stratford. ¡Y pensar que solo era un mensajero de un nuevo alumno! Os dije que tendríamos un alumno hoy. Os lo dije…

—Abuelo, el mensajero tenía una pinta muy extraña para que un joven caballero lo escoja —dijo Annie.

—Él no puede mejorar su aspecto, hija, pero estoy seguro de que no nos importará si nos trae dinero. ¿Habéis visto la máscara suficientemente? Si no lo habéis hecho, abro la caja otra vez.

—Creo que es suficiente por hoy, abuelo. Pero dime por qué guardas la máscara en la vieja caja.

—Annie, porque no tengo nada más que quiera guardar y cerrar bajo llave. Hija, siento mucho haber quitado tus trastos, como tú los llamas, pero en realidad no había ningún otro sitio donde poder guardarla. Espera, ¡tengo una idea! Julio César me hará una caja nueva para la máscara y entonces recuperarás tu vieja caja otra vez.

—Abuelo, no la quiero. Preferiría que ninguno de nosotros la tuviera. Llevar una caja de caudales como esa con nosotros podría hacer que algunas personas creyeran que lo que tenemos en ella es dinero.

—¡Dinero! ¡La gente cree que tengo dinero! ¡Venga, venga, Annie! Eso no es verdad. ¡Es una broma muy buena de una gatita traviesa como tú!

Y el anciano se rio a carcajadas mientras salía rápidamente a depositar la preciosa máscara en su alcoba.

—Julio César, me hará una caja nueva, ¿verdad? —dijo Annie con gran seriedad tan pronto como su abuelo se hubo marchado de la habitación.

—Conseguiré madera hoy mismo —respondió el carpintero— y mañana tendré una caja tan buena como... como... —no era bueno haciendo comparaciones, así que se detuvo en el segundo «como».

—Hágala deprisa, cariño, deprisa —dijo la muchacha con ansiedad—; y entonces regalaremos la vieja caja. Si el abuelo nos hubiera dicho lo que iba a hacer desde el principio, no la habría usado, ya que usted podría haberle hecho una nueva para él antes. Pero no importa, hágala deprisa.

¡Oh, Julio César, obedece rigurosamente a tu querida prometida así como has obedecido otras órdenes! ¡No sabes qué pronto vais a necesitar esa nueva caja o cuánto mal puede evitar!

V

CHUMMY DICK

Quizá a estas alturas estén cansados de estos tres personajes tan familiares y sencillos como son el señor y la señorita Wray y Julio César el carpintero. Además, sospecho firmemente que están realmente ansiosos de tener un pequeño estimulante literario proporcionado por la figura de un villano. Probarán este estímulo por una doble vía ya que tengo dos maleantes completamente preparados para ustedes en este capítulo.

Pero créanme si les digo que, cuando conozcan a su nueva compañía, estarán encantados de regresar otra vez con Wray y su familia.

A unas tres millas de Tidbury-on-the-Marsh se encuentra un pueblo llamado Little London, en algunas ocasiones denominado popularmente «El final del infierno» en referencia a los personajes que lo frecuentan. Es una colección ruinosa y sucia de algunas docenas de casitas de campo y una taberna. Sus habitantes son hombres despiadados, mujeres miserables y niños groseros. Actualmente, se supone que el principal sostén de esta amable población proviene de su relación con la caza furtiva y con los pequeños hurtos en su tierra. En pocas palabras, Little London parece malo, huele mal y es malo de verdad, y no se encuentra en toda Inglaterra un pueblo que sea una mancha más asquerosa en medio de un paisaje circundante más hermoso.

Nuestro asunto principal está en la taberna. Su cartel reza «Jolly Ploughboys», de la que Judith Grimes, viuda, es la propietaria. Cuanto menos se diga de la personalidad de la señora Grimes, mejor; la descripción no se soportaría en estas páginas. La madre de la señora Grimes —quien ahora está a punto de cumplir los ochenta— también puede descartarse en un olvido misericordioso ya que, a la edad de su hija, era con bastante diferencia la peor de las dos, si eso es posible. Respecto a su hijo, Benjamin Grimes, como perteneciente al sexo fuerte, me siento menos inclinado a ser compasivo con él. Cuando afirmo que, se mire por donde se mire, era un ejemplo completo de sinvergüenza pueblerino, puedo parecer culpable de calumnias de acuerdo con nuestra ley, pero no hago más que decir una gran verdad.

Conocen bien a esta clase de hombres. Con bastante frecuencia han visto al tipo de rostro cetrino, cejas pobladas, corpulento y enorme, ganduleando por las esquinas del pueblo con una pajita en la boca y una cachiporra en la mano. Quizá le han preguntado una dirección y les ha contestado con un gruñido y una petición de dinero, o han oído hablar de él a propósito de un cobarde ataque a un policía rural, o sobre una pelea sanguinaria con el guarda forestal de un amigo de ustedes, o sobre un caso espinoso para su otro amigo, el magistrado, en los tribunales de primera instancia. Cualquiera que haya estado alguna vez en el campo conoce a este hombre, la plaga imposible de erradicar de todo su vecindario, tan bien como yo lo conozco.

Sobre las ocho de la tarde y el mismo día en que se habían hecho públicas las revelaciones de Wray, la vieja Grimes —o, como la llamaban normalmente, Mamá Grimes— se sentó en el sillón de la sala privada de la Jolly Ploughboys simplemente pensando en irse a dormir. Sus pensamientos sobre este asunto necesitaban acelerarse, y lo consiguieron gracias a su obediente hijo Benjamin Grimes.

—Venga, vieja, ¿por qué no trotas escaleras arriba? —pidió este ilustre pueblerino.

—Ya voy, Ben. Con cuidao, Judith. ¡Ya voy! —masculló la vieja mientras Grimes hija entraba en la habitación y se llevaba a su madre bruscamente.

—Vigila que no se quede nadie esta noche aquí —chilló Benjamin cuando salió su hermana—. Va a venir Chummy Dick —añadió susurrando misteriosamente.

Cuando Benjamin Grimes se quedó solo esperando la llegada de Chummy Dick, descubrió que el tiempo transcurría lentamente. Miró por la ventana. La vista dominaba unas pocas casitas y el campo, con un bosque más allá, sobre la pendiente. Una escena bastante familiar en sí misma, pero la pureza divina de la brillante luz de la luna le regalaba, justo entonces, una belleza que no era la suya propia. Aparentemente esta belleza no era del gusto de Grimes ya que apartó rápidamente la mirada de la ventana para devolverla al interior de la habitación. Mirando fijamente, como si soñara, sus ojos grises, siniestros y hundidos se clavaron en el muro de enfrente sin tropezar con nada, salvo con cuatro grabados coloreados que representaban el pasaje de «El hijo pródigo». Aunque los había visto cientos de veces, los miraba otra vez por mero hábito.

En el primero de la serie, el hijo pródigo iba vestido con una levita de color rojo vivo y montaba a caballo, hacia el lado equivocado, mientras su padre, también con una levita roja, lo ayudaba con una mano y, con la otra, le señalaba con desconsuelo el camino de color amarillo que salía directamente de la pata delantera del caballo y llevaba a una ciudad lejana en el horizonte, totalmente compuesta de torres. En el segundo grabado, el hijo pródigo se daba un banquete entre dos elegantes damas y sostenía dorados vasos de vino entre sus manos mientras un compañero libertino se recostaba sobre el suelo a su lado, en un estado de borrachera cataléptica. En el tercer grabado, se tendía sobre su espalda con la levita roja desgarrada y mostraba la piel púrpura, sin una de sus medias, una tormenta eléctrica que bramaba con furia sobre su cabeza y dos cerdas blancas a cada uno de sus lados… y una de ellas que parecía alimentarse de su pantorrilla. En el cuarto…

Justo cuando Grimes hubo llegado al cuarto grabado, oyó que fuera alguien silbaba una melodía y se giró hacia la ventana. Era Chummy Dick o, en otras palabras, el hombre con la gorra de piel de gato que había honrado a Wray con una visita matutina.

La conducta de Chummy Dick al entrar en el salón se llevó el premio en materia de exhibición de modales. No hizo caso a Grimes, como si este no estuviera en la habitación, arrastró su silla hacia la chimenea, puso un pie en cada uno de los quemadores, sacó una pequeña tarjeta del bolsillo de su gran abrigo, la leyó y, después, se permitió un ataque de risa untuoso, ininterrumpido y largo, cautelosamente tocado en lo que los músicos llamarían «escala menor».

—¿Qué haces riéndote así? —preguntó Grimes.

—Primero, dame un vaso de ron caliente, ten cuidao de poné dos terrones de azúcar, y, después, Benjamin, ¡lo sabrás enseguida! —dijo Chummy Dick, manteniendo un trasfondo de risa mientras hablaba.

Mientras Benjamin va a por el ron tenemos bastante tiempo para explicar esto en una o dos palabras.

Es posible que recuerden que el joven ayudante del establecimiento de Dunball y Dark vio por casualidad que Wray llevaba la caja de caudales al número 12. La misma ráfaga de viento que hizo volar una falda de la capa del viejo Reuben y que reveló al ayudante lo que Wray tenía debajo lo expuso al mismo tiempo a la vista de Grimes, quien en aquel momento estaba ganduleando casualmente por High Street. Al no saber nada ni de la máscara ni del misterio que había respecto a ella, era natural que Benjamin considerara que la caja de caudales era un contenedor para el dinero. Además, no estaba en absoluto fuera de su carácter anhelar fervientemente ser el poseedor de ese mismo dinero, y transmitió su deseo a Chummy Dick.

Y por esta razón, aunque poseía la ambición suficiente para ser un granuja de primera categoría, Grimes ni poseía la astucia ni la capacidad necesarias, ni había recibido la temprana educación londinense requerida para encajar en una posición tan elevada. Robar aves del corral de una granja, por ejemplo, estaba totalmente en la línea de acción de Benjamin, pero robar una caja de caudales de una casa con rejas y cerrojos situada en medio de una gran población era una hazaña por encima de sus posibilidades, una hazaña que solo un hombre de su círculo de relaciones era lo bastante poderoso para efectuar, y ese hombre era Chummy Dick, el gran ladrón de casas londinenses. Ciertos pasajes recientes en la vida de este ilustre personaje habían convertido Londres y su vecindario en muy inseguros para poder residir allí, así que se había retirado a una distancia segura en el campo y había seleccionado Tidbury y el territorio adyacente como esfera adecuada de acción y, por añadidura, como precioso refugio ante la policía de Londres.

—Mu bueno, Benjamin, y no está demasiao dulce —subrayó Chummy Dick saboreando el ron que Grimes le había traído. Él no era, de ningún modo, uno de esos feroces asaltadores de casas, excepto si se veía bajo una gran presión. En la mezcla de su temperamento había más aceite que aguafuerte. Sus robos eran de una maravillosa destreza, astucia y fría determinación. En resumen, robaba la vajilla y el dinero de las casas particulares como los gatos se escabullen con la nata de las mesas del desayuno, esperando el momento oportuno y sin hacer nunca ruido.

—¿Has visto la caja? —preguntó Grimes en un susurro impaciente.

—Mírame la mano, Benjamin —respondió triunfante y con serenidad—. ¡Ha estao sobre la caja! Tienes toda la razón. El botín está preparao pa’ nosotros.

—¡El botín! ¿Qué será?

—Este es el botín —dijo Chummy Dick, sacando media corona de su bolsillo y sosteniéndola con solemnidad a la vista de Benjamin—. Ni tengo un billete de cinco libras ni tengo una jarra bautismal, pero sé que también los billetes y la plata son botines. Ahora, joven Grimes, ya sabes cuál será el botín y, si vas a tener cuidado, lo tendrás pronto. Si mañana no hace tan buena noche, si no hay tanta luz de luna como ahora para dejarnos al descubierto, ¡sí, tendremos la caja!

—¡La mitad para mí! Lo sabes, Chummy Dick.

—Controla esa lengua habladora tuya y tendrás tu mitad. He visto al viejo y me ha dao su tarjeta de visita con el número de la casa. ¡Ajá! ¡Piensa que me ha dao su tarjeta! Eso es tan bueno como invitarme a robar en su casa. ¡Sí, a robarla de cabo a rabo! —y con otra explosión de risa, Chummy Dick lanzó triunfalmente la tarjeta de Wray al fuego—. Pero ese no es el asunto —resumió cuando hubo recobrado la respiración—. Nos ceñiremos al tema, que es la caja de caudales —y, para hacerle justicia, hay que añadir que se ciñó al asunto, sin apartarse de ello, ni tan siquiera un segundo, durante media hora completa.

El resultado de la larga arenga que entonces tuvo con Benjamin Grimes fue brevemente este: tras leer primero el anuncio del anciano, había ideado un plan para entrar en el alojamiento de Wray sin levantar sospechas. Había visto la caja de caudales con sus propios ojos y se había convencido, por ciertos indicios, de que había dinero en ella. Sostenía que el dueño de esta propiedad era un usurero, cuyas ganancias estaban atesoradas en su caja de caudales, y reunían chelines y soberanos sueltos. Después, había averiguado quiénes eran los habitantes de la casa y había descubierto que la única persona temible que dormía en el número 12 era nuestro amigo el carpintero. Había examinado el local y había visto que era fácilmente accesible por la ventana del fondo del salón, que daba al tejado del lavadero. Finalmente, había averiguado que los dos vigilantes designados para guardar la ciudad llevaban a cabo esta obligación yéndose a dormir regularmente a las once en punto y dejando que la ciudad se guardase a sí misma. Todo era muy sencillo. De hecho, demasiado sencillo para cualquiera, salvo para un principiante.

—Ahora, Benjamin —dijo Chummy Dick para concluir—, pon atención a esto: ¡sin violencia! Toma tu botín con discreción y lo pones a salvo. A veces la violencia es tan mala como despertar a toa una calle. Es lo último que hace un asaltador sutil cuando lo pillan en un aprieto. Lo primero y principal, aquí tienes tu máscara —entonces sacó una máscara raída para cubrir la parte superior de la cara—, mu bien, nadie puede reconocerte. Después, aquí tienes tu presentación —sacó una pistola—. Con que solo vean esto, los mantendrás en silencio, y, por si lo necesitas, aquí están tu mordaza y una cuerda —los sacó— para las bocas y las manos. No aprietes nunca el gatillo hasta que veas a otro hombre dispuesto a apretarlo. Entonces tendrás que armar bronca y lo harás por algún motivo. Tener cabeza en nuestro negocio, recuerda esto, joven Grimes, es siempre coger el botín de la forma más sencilla, y, cuando no se pueda coger con facilidad, tomarlo tan fácil como sea posible. Esa es la sabiduría, la sabiduría de la vida.

—¿Por qué te largas, amigo? —preguntó Benjamin con asombro cuando el filosófico asaltador se movió bruscamente hacia la puerta.

—Mañana no se nos debe ver juntos —dijo en un susurro Chummy Dick —. Voy a estar solo, esta noche tengo cosas que hacer, ¡y no te importan! Mañana, a las once de la noche, tienes que estar en el cruce de caminos que hay en lo alto del campo comunal. Fíjate bien y me verás.

—Salvo que haya luz de luna —sugirió Grimes.

—Pensándolo bien, Benjamin —dijo el asaltador después de un momento de reflexión—, nos arriesgaremos aunque brille la luna como nunca… High Street, Tidbury, sin policía londinense… Podemos correr el riesgo con seguridad. ¡Con o sin luna, joven Grimes! ¡Mañana será nuestra noche!

Llegado a este punto, ya salió de la casa. Se separaron en la puerta. La luz radiante de la luna caía hermosísima sobre todas las cosas, incluso sobre ellos. ¡Era tan pura! Doblemente pura, al brillar sobre Benjamin Grimes y Chummy Dick, ¡sin ensuciarse con su contacto!

VI

UNA VISITA MATUTINA

Durante el resto del día del cumpleaños de Annie, Wray se sentó en casa y esperó con ansiedad el mensaje prometido del nuevo y misterioso alumno cuya oratoria necesitaba tanto empezar a corregirse. Aunque este ni llegó ni escribió, el viejo Reuben persistía aún en contar con él de inmediato y, a la mañana siguiente, todavía lo esperaba con tanta paciencia como el día anterior.

Annie, sentada en la habitación con su abuelo, estaba ocupada haciendo encaje. Había aprendido este arte para volverse, si fuera posible, de alguna pequeña utilidad y contribuir al sustento de la familia; y, algunas veces, su confección incluso aportaba unos pocos chelines extra a los pobres fondos familiares. Su encaje no era del tipo del que la gente refinada se interesaría ni en mirar un par de veces. Era sencillo y bonito, como ella misma, y solo lo vendía —cuando lo hacía, ¡ay!, que no era muy a menudo— entre las damas cuyos monederos estaban algo mejor provistos que el suyo.

Julio César estaba debajo de la escalera, en la trascocina, haciendo la importantísima caja o, como la casera expresó irritada, «haciendo de la casa un desbarajuste». La casera no tenía debilidad por el serrín y las virutas de madera, y casi perdió los estribos cuando el bote de pegamento invadió el fuego de la cocina. Pero ¡trabaja sin parar, honesto carpintero! ¡Trabaja sin parar y no le hagas caso! Saca la máscara de Shakespeare de la caja vieja y métela en la nueva antes de que anochezca, y habrás terminado la mejor jornada de trabajo de tu vida.

Annie y su abuelo tenían mucho de qué hablar sobre el vaciado de Shakespeare mientras estaban sentados juntos en el salón. Si yo informara de todas las rapsodias y citas de que hizo gala el viejo Reuben durante este periodo, puede que llenara todo el resto del espacio que me concedo en este librito. Solo una vez la conversación varió por completo. Apenas Annie preguntó, cambiando un poco de tema, cómo se saca del molde un vaciado de escayola, y al instante Wray se fue por las ramas en medio de una nueva cita para explicárselo. Todavía estaba describiendo, por segunda vez, cómo la escayola y el agua se mezclan, cómo se deja asentar la mezcla y cómo se llena el molde, cuando la casera, con aire acalorado e importante, irrumpió en la habitación y exclamó:

—¡Señor Wray! ¡Señor Wray! ¡Aquí está el señor Colebatch, de Cropley Court, está subiendo las escaleras para verle! —Y luego, susurrando, añadió —: Tiene mal carácter y es raro, señor, pero es el mejor caballero del mundo.

—¡Es suficiente, señora! ¡Es suficiente! —interrumpió una voz cordial desde fuera de la puerta—. Puedo presentarme yo mismo. Imagino que un viejo escritor y actor de teatro no necesita mucha presentación. ¿Cómo está usted, señor Wray? He venido a conocerle. ¡Encantado, señor!

Antes de que entrara el terrateniente, la primera idea de Wray fue que por fin había llegado el joven caballero. Pero cuando Colebatch apareció, descubrió que estaba equivocado. Era un caballero mayor, de cara muy sonrosada, brillantes ojos negros, que centelleaban sin cesar, y pelo totalmente blanco, que crecía lacio desde la cabeza en un auténtico bosque de cerdas venerables. Además, su dicción no necesitaba ninguna mejoría en absoluto, y su expresión se revelaba inmediatamente como la de un caballero. Muy excéntrico, pero un caballero.

—Bien, Wray —dijo el terrateniente sentándose y abriendo de par en par su magnífico abrigo con el aire de un viejo amigo—, tengo la costumbre de ir al grano porque detesto ser ceremonioso y molestar. Me llamo Matthew Colebatch, vivo en Cropley Court, en las afueras de la ciudad, y vengo a verle porque he tenido una discusión acerca de usted con el reverendo Daubeny Daker, el párroco de aquí.

Asombrosamente desprovisto de su capacidad de palabra, Wray escuchó este discurso introductorio.

—Le cuento cómo fue, señor —continuó el terrateniente—. En primer lugar, Daubeny Daker es un beato cotilla. Es la clase de persona que entra en las casitas de los pobres preguntando qué tienen para cenar y, cuando ellos se lo dicen, él quita la tapa a la cacerola y la olfatea para estar seguro de que le han dicho la verdad. Eso es lo que él llama cumplir con su obligación con los pobres, ¡y lo que yo llamo ser un beato cotilla! Bien, Daubeny Daker vio su anuncio en el escaparate de la tienda de Dunball. Debo decirle, por cierto, que llama a los teatros las casas del demonio, y a los actores, los misioneros del diablo. Le oí decir eso en un sermón y, desde entonces, ¡no he vuelto a su iglesia! Bien, señor, leyó su anuncio y, cuando llegó a la parte sobre mejorar la oratoria de los pastores a tres chelines y seis peniques la hora (sería muy barato mejorar a Daubeny Daker por ese precio), montó en una de sus cóleras despectivas, despiadadas y crueles, entró en la tienda e insistió en tomar la nota como un insulto de un actor vagabundo a la condición sacerdotal… No pierda los nervios, Wray, por el amor de Dios… Se las hice pagar espléndidamente por ese comentario, ¡se lo prometo! Y entonces, ¿qué cree que hizo ese burro gordo de Dunball cuando oyó lo que dijo el pastor? Retiró su cartel… Lo quitó directamente del escaparate, como si Daubeny Daker fuera el rey de Tidbury y desobedecerle significase morir.

—Yo, señor… —terció Wray.

—¡Espere, Wray! Le ruego que me perdone, pero tengo que contarle cómo se las hice pagar. Media hora después de que se quitara el anuncio del escaparate, me dejé caer por la tienda. Dunball, sonriendo como un tonto, me cuenta este asunto. «Póngalo de nuevo, ¡ahora mismo!», le dije; «no consentiré que se eche abajo el buen nombre de un hombre de esa manera por gente que no lo conoce». Dunball tuerce el gesto y vacila. Yo saco el reloj y le digo: «Le doy un minuto para decidir entre el interés de tenerme por cliente y el de Daubeny Daker». Da la casualidad que soy lo que se dice un hombre rico, Wray, así que Dunball se decidió aproximadamente en dos segundos y colocó su anuncio de nuevo, ¡justo donde estaba antes!

—Señor, no tengo palabras para agradecerle su amabilidad —dijo el pobre y viejo Reuben.

—Escuche cómo se las hice pagar a Daubeny Daker, señor, ¡escuche esto! Esa misma noche lo encontré fuera en una cena. Estaba hablando de usted y sobre lo que él había hecho… ¡tan orgulloso como un pavo real! «De hecho», dijo al final de su discurso, «consideraba que era mi obligación como pastor quitar el anuncio». «Y yo considero mi obligación como caballero», le dije, «ponerlo de nuevo». Entonces, comenzamos la discusión (él me odia, lo sé, porque una vez escribí una obra de teatro). No le contaré lo que dijo porque le dolería. Pero la discusión se terminó, después de estar en ello una y otra vez durante una hora más o menos, al decirle que su conducta mostraba falta de espíritu cristiano, justicia y sentido común al dejarle como una persona de mala reputación sin haber hecho una única averiguación sobre usted. «Puedo soportar sus flaquezas de carácter, señor Colebatch», dijo, en su estilo despectivo y cruel, «pero permítame preguntarle a usted, que defiende a Wray tan efusivamente: ¿conoce algo más sobre él que yo?». Él pensaba que esto zanjaría la discusión, pero fui hacia él de nuevo, rápido como el rayo. «No, señor, pero le daré buen ejemplo al ir mañana por la mañana y juzgar a ese hombre personalmente». Esto sí que la zanjó, y aquí estoy esta mañana para hacer lo que dije.

—Le demostraré, Colebatch, que he merecido el honor de que me defendiera —dijo Wray con una mezcla de dignidad sin artificios y gratitud varonil en sus modales, que lo hacían maravilloso—; tengo una carta, señor, del difunto Kemble…

—¡Cómo!, ¡mi viejo amigo, John Philip! —exclamó el terrateniente—; ¡muéstremela inmediatamente! Wray, él era «el romano más noble de todos», como dijo Shakespeare.

¡Ahí tenía un amigo inestimable, desde luego! Había conocido a Kemble y citado a Shakespeare. El viejo Reuben incluso podría haber abrazado al terrateniente en ese momento, pero se contentó con extender la estupenda carta de Kemble.

Colebatch la leyó e inmediatamente declaró que, como si hiera un certificado de buena conducta, esa carta superaría a todos los demás certificados que se hubiesen expedido en ese campo, y que establecía la reputación de Wray muy por encima del alcance de toda calumnia.

—¡Esta es la trituradora de Daubeny Daker más formidable que se haya escrito nunca, señor!

Justo cuando dijo esto, los ojos del anciano caballero se encontraron con la pequeña Annie, que había estado sentada sin hacer ruido en el rincón de la habitación, continuando su encaje. En el calor de su discurso preliminar, apenas se había permitido tiempo suficiente para mirarla, pero entonces compensó el tiempo perdido con su celeridad característica.

—¿Quién es esa preciosa muchacha? —dijo, y sus ojos brillantes centellearon más que nunca mientras hablaba.

—Mi nieta Annie —respondió Wray con orgullo.

—¡Qué cosa más bonita! ¡Qué bonita y tranquila está sentada, haciendo su encaje! —exclamó Colebatch con entusiasmo—. ¡No te muevas, Annie, no te vayas! ¡Me gusta mirarte! No harás caso de un soltero viejo y raro como yo, ¿verdad? Me dejarás mirarte, ¿no? Continúa con tu encaje, cielo, y el señor Wray y yo continuaremos con nuestra charla.

Esta «charla» terminó lo que la carta de Kemble había empezado. Animado por el terrateniente, el viejo Reuben contó sin adornos la historia de su vida, como si lo hiciera a un íntimo amigo, y la relató con todo el incomparable patetismo de la sencillez y la verdad. El tiempo que Colebatch no dedicaba a mirar a Annie —y no era mucho— lo empleaba anatematizando a su implacable enemigo, Daubeny Daker, con una serie de improperios violentos; y a prever, con regocijo inmenso, la clase de «derrota» consumada que sería capaz de infligir a ese caballero reverendísimo la próxima vez que se lo encontrara. Wray solo necesitaba dar un paso más después de este en la estima del terrateniente para ser considerado el Ave Fénix de todos los profesores de oratoria, pasados, presentes y futuros, y él lo dio. De hecho, se acordó de la producción teatral de Colebatch —una tragedia rimbombante y sangrienta por completo— en el teatro Drury Lane, e incluso algo más, de que él mismo había representado uno de sus personajes menores.

El terrateniente estrechó su mano de inmediato. Esta obra —en virtud de la cual él se consideraba un autor teatral— era su punto débil. La obra había disfrutado de una temporada ininterrumpida de una sola noche; y después nunca más se tuvo noticias de ella. Colebatch atribuía por entero esta circunstancia a que el público no supo apreciarla y, en su vejez, alardeaba de su tragedia dondequiera que fuera, sin reparar para nada en la acogida que había encontrado. A menudo se ha afirmado que los padres de niños enfermizos son los padres que más aman a sus hijos. Este comentario es a veces, y solo a veces, cierto. Trasládenlo, sin embargo, a los hijos débiles de la literatura e inmediatamente se convierte en una regla que la experiencia del mundo entero es incapaz de refutar sin una excepción.

—Mi querido señor —exclamó Colebatch—, su recuerdo de mi obra es un nuevo vínculo entre nosotros. Se titulaba, por supuesto usted lo sabe, La asesina misteriosa. Vaya, señor, ¿por casualidad recuerda las últimas cuatro líneas de la escena de la muerte de la culpable Lindamira? Eran estas, señor Wray: «¡Asesinato y grito de medianoche! ¡Vengan totalmente con los pelos de punta! ¡La afable oscuridad de mi alma os desafía! Estoy enferma de culpa… ¿Qué hay para curarme? ¡Esto! (Se apuñala.) ¡Ja, ja! Ahora estoy mejor (Sonríe, débilmente). ¡Estoy tranquila! (Muere)». ¡Si esa no es una escritura bastante firme, señor, no me llamo Matthew Colebatch! ¡Y la audiencia atontada no fue capaz de apreciarlo…! ¡Válgame Dios! —sacó su reloj—. ¡Ya es la una en punto! ¡Tengo que estar en casa! Debo irme enseguida. Adiós, Wray. Me alegro de haberle conocido, eso casi podría agradecérselo a Daubeny Daker por hacerme montar en la cólera que me ha enviado hasta aquí. Me recuerda mis días de juventud, cuando solía ir detrás del escenario y cenar con Kemble y Matthews. Adiós, pequeña Annie. Soy un tipo viejo y pícaro, y ¡tengo la intención de darte un beso algún día! Sin ir más allá, Wray, sin ir más allá, ¡por todos los diablos!, o no volveré otra vez. Pienso hacer que la gente de Tidbury contrate sus talentos. Son la pandilla de necios más infernal bajo el palio del cielo, ¡pero lo contratarán! Yo lo contrataré, aunque no sea más que eso, para leer mi obra en la Mechanics' Institution. Haremos que se les ponga la piel de gallina y los pelos de punta con una pequeña tragedia de la buena y vieja escuela. Adiós, hasta que lo vea de nuevo, y ¡que Dios lo bendiga!

Y, sin parar, el terrateniente viejo y hablador se fue con mucha prisa, tal y como había entrado.

—¡Oh, abuelo, qué caballero más agradable! —exclamó Annie, levantando la vista de su cojín de encaje por primera vez.

—¡Qué amabilidad hacia mí sin precedentes! ¡Qué gusto más perfecto en todo! ¿Lo escuchaste citar a Shakespeare? —exclamó el viejo Reuben extasiado. Continuaron alternándose de este modo con arrobamientos sobre Colebatch durante casi una hora. Después de ese tiempo, Annie dejó su labor y fue hasta la ventana.

—Está lloviendo… llueve mucho —dijo—. ¡Oh, no podremos dar nuestro paseo hoy!

—¡Escucha! Se queja el viento —dijo el anciano—. También está refrescando, Annie, vamos a tener una noche de tormenta.

**

¡Las cuatro en punto! Y el carpintero todavía está con su labor en la trascocina. Más rápido, Julio César, más rápido. Tengamos esa máscara de Shakespeare fuera de la caja de caudales de Wray y cómodamente resguardada en su fantástico cofre de madera antes de que alguien se acueste esta noche.

Más rápido, hombre… más rápido.

<h1 style="text-align:center">VII</h1>

<h2 style="text-align:center">UNA VISITA NOCTURNA</h2>

Por alguna razón familiar que no merece la pena ser mencionada, aquel día cenaron más tarde de lo habitual en el número 12. Dieron las cinco antes de que se sentaran a la mesa. Toda la conversación giró en torno al visitante de la mañana. Wray se ayudó de Shakespeare, incluso en mayor medida que de costumbre, cada vez que hablaba de Colebatch, al no haber términos en su propio vocabulario que fueran lo suficientemente selectos para describir al viejo y excéntrico terrateniente. Wray logró descubrir algún parecido asombroso con ese excelente caballero —ahora en alguna cosa, y luego, en otra— en cada personaje noble y venerable de todas las obras de teatro… sin olvidar tampoco, en una o dos ocasiones, buscar el parecido correspondiente entre los personajes más vergonzosos e intrigantes y aquel enemigo vengativo de todas las obras, actores y teatros, el reverendo Daubeny Daker. Ningún experto declarado de Shakespeare —y la afirmación es audaz— encontró jamás un sentido al poeta tan en armonía con su pequeño mundo propio y con más destreza que la que Wray encontró para poder proporcionar elogios sobre la bondad y generosidad de Matthew Colebatch, de Cropley Court.

Mientras tanto, el tiempo iba de mal en peor, como la tarde prometía. El viento se convirtió casi en un vendaval; y, de vez en cuando, la fuerte lluvia se estrellaba contra la ventana con una violencia alarmante. Prometía ser una de las noches más oscuras, húmedas y salvajes de Tidbury desde que había comenzado el invierno.

Poco después de que se limpiara la mesa, y habiendo agotado el tema de Colebatch, al menos por el momento, el viejo Reuben se quedó dormido en la silla. Este era un lujo bastante inusual en él, y probablemente ocurrió por el particular retraso de la cena. Normalmente, actuando con imprudencia según todas las observaciones ceremoniosas sobre la digestión, Wray tomaba esa comida a las dos y salía después para dar un paseo. Era un hombre pobre y no se podía permitir la lujosa distinción de ser dispéptico.

El comportamiento de Julio César, el carpintero, cuando salió de la trascocina para sentarse en su sitio en la mesa, fue algo desconcertante. Tiró al suelo el salero, derramó salsa sobre su camisa y reventó una patata al intentar transportarla a solo diez centímetros de distancia, más o menos, desde la fuente al plato de Annie. Estaba bastante por encima de lo habitual en cuanto a accidentes en la mesa durante una comida. Entonces, cuando terminaron de cenar, anunció su intención de regresar a la trascocina durante el resto de la noche con un tono de misterio mal disimulado que despertó la curiosidad de Annie, que comenzó a interrogarle. ¿Todavía no había hecho la caja nueva? ¡No! ¿Por qué? Seguramente podría haber fabricado una caja así en una hora. Sí, habría podido. ¿Por qué no lo había hecho?

—Espera un poco, Annie, y lo verás.

Y, después de haber dicho eso, puso misteriosamente su largo dedo a un lado de su gran nariz y abandonó la habitación inmediatamente. Media hora después, volvió a entrar. Se le veía muy avergonzado y alterado, e intentaba sin éxito esconder una cataplasma enorme —hecha con una perfecta rebanada de pan reciente y agua— que decoraba la palma de su mano izquierda. Esta vez, Annie insistió en que le diera una explicación.

Parecía que había concebido la idea de ornamentar la tapa de la caja nueva con unas tallas toscas que él mismo iba a hacer, en alabanza a Wray y a la máscara de Shakespeare. Al ser totalmente inexperto en la difícil labor de artesanía que se proponía realizar, se había clavado una astilla en la palma de la mano. Y allí estaba ahora la caja, en la trascocina, esperando la cerradura y las bisagras mientras que la única persona en la casa que podía ponerlas no estaba en condiciones de manejar un martillo en los días siguientes. ¡Pobre Julio César! ¡Nunca un cumplido bienintencionado fue tan poco oportuno como este tuyo! De todos los variados accidentes de tu vida esencialmente accidental, esta herida en particular, que te ha dificultado terminar la nueva caja esa noche, es la más inoportuna y la más irreparable.

Cuando entró el té, Wray se despertó; y como normalmente ocurría con la gente que rara vez se permite el inocente placer de una siesta tras la cena, cambió enseguida del estado de máxima somnolencia al estado de máximo desvelo. Para entonces la noche estaba en su negrura más profunda, la lluvia caía fiera y densa, y el viento salvaje se levantaba fuera, en la oscuridad, con todo su poder y gloria. La tormenta comenzó a afectar un poco el ánimo de Annie, y así se lo dio a entender a su abuelo cuando este se despertó. La extraordinaria vivacidad del viejo Reuben inmediatamente sugirió un remedio para esto. Propuso leer una obra de Shakespeare como el modo más eficaz de desviar la atención del tiempo, y, sin permitir un momento de meditación sobre su oferta, abrió vigorosamente el libro y comenzó a leer Macbeth.

Durante toda la lectura, no solo invitó a sus oyentes a cada una de las pausas y a cada infinitesimal inflexión de la elocución de Kemble, sino que también exhibió una parodia de los efectos que la señora Siddons realizaba en la escena de sonambulismo de lady Macbeth, con la ayuda de un pañuelo blanco anudado bajo el mentón y con una brillante palmatoria de alcoba en la mano; y, además de esas dilaciones especiales y estrictamente dramáticas, dificultaban también el progreso de su lectura el estar pendiente de Julio César y el despertar despiadadamente al desdichado carpintero cada vez que se quedaba dormido —lo cual, por cierto, era una vez cada diez minutos—, así que nadie podrá sorprenderse al oír que la lectura de Macbeth no se acabó antes de las once en punto. La iglesia de Tidbury dio la hora cuando Wray recitó con solemnidad las últimas líneas de la tragedia y cerró el libro.

—¡Ya está! —dijo el viejo Reuben—, creo que, por ahora, he sacado la tormenta de tu cabeza, Annie. Parece que tienes sueño, hija, vete a la cama. Tengo algunos comentarios que hacer sobre la correcta lectura de la escena del puñal, pero puedo hacerlos mañana por la mañana de igual manera. No te tendré más tiempo en vela. ¡Buenas noches, cariño!

¿Wray no se fue también a dormir? No, jamás en su vida se había sentido más despierto. Se quedaría levantado un poco más y cogería «calorcito» cerca del fuego. ¿Tenía Annie que soportar su compañía? De ningún modo, no privaría a la pobre Annie de su descanso, de ninguna manera. ¿Y Julio César? Por supuesto que tampoco; seguramente se dormiría inmediatamente, y, oírlo roncar, según Wray, era peor que oírlo estornudar. Así que los dos jóvenes desearon buenas noches al anciano y le dejaron coger «calorcito» como deseaba.

Esta fue la manera en la que se preparó para comenzar ese esperado ritual: movió su sillón ante el fuego; luego, puso una silla a cada lado y, después, abrió el armario y sacó la caja de caudales que contenía la máscara de Shakespeare. La depositó sobre una de las sillas al lado del sillón y, sobre otra, puso su copia de las obras y la vela. Finalmente, se sentó en medio —cómodo más allá de toda explicación— y lentamente inhaló un copioso pellizco de rapé.

—¡Cómo sopla el viento fuera! —dijo el viejo Reuben—, ¡y qué cómodo estoy aquí dentro!

Abrió la caja de caudales, la puso sobre sus rodillas y bajó la mirada hacia la máscara que yacía dentro. Poco a poco, el orgullo y el placer que aparecieron en sus ojos al principio dieron lugar a una petrificada expresión soñadora. Cerró la tapa con cuidado y la volvió a apoyar en la silla, pero no cerró la caja de caudales en toda la noche, jamás giró la llave en la cerradura.

Los viejos recuerdos se amontonaban en su cabeza, revividos gracias a su conversación de esa mañana con Colebatch y evocados por muchas de sus propias asociaciones shakesperianas, siempre relacionadas con el tesoro: la inestimable máscara. Los tiernos recuerdos hablaron lastimosa y solemnemente dentro de él. La pobre Colombina —perdida, pero jamás olvidada— conmovía de la manera más encantadora y sagrada a todas aquellas sombras de la memoria en el oscuro mundo de sus visiones con los ojos abiertos. ¡Qué poco puede esconder de nosotros una tumba! El amor que empezó antes perdura también después. ¡La luz del sol, que nuestros ojos miraban mientras brillaba en la tierra, cambia, pero hacia la estrella que guía nuestros recuerdos cuando esta va hacia el cielo!

Escuchen, el reloj de la iglesia da los cuartos. Cada golpe suena con el estado salvaje y fantasmagórico de todos los repiques de campana cuando se escuchan en medio del tumulto de la tormenta, pero no consiguen sobresaltar al viejo Reuben. Él está muy lejos, en otros lugares, reviviendo otros tiempos. Doce campanadas y, entonces, cuando el reloj da su largo repique de medianoche, él despierta… y lo oye.

El fuego se ha ido reduciendo a una mancha roja y pálida. Wray siente que se enfría, se incorpora en su sillón y, bostezando, intenta reunir la suficiente determinación para levantarse y subir las escaleras hasta llegar a la cama. Su expresión, que comenzaba a volverse totalmente apática y cansada, se altera de repente. Sus ojos miran otra vez impacientes, sus labios se cierran con firmeza, sus mejillas palidecen enseguida por completo… Está escuchando. Cree, cuando el viento sopla sus ráfagas más fuertes o cuando la lluvia se lanza más cuantiosa contra el cristal, que escucha un sonido curioso y muy débil… Algunas veces es como un ruido de raspar algo; otras, como un repiqueteo. Pero Wray no podría decir en qué parte de la casa sonaba, o si sonaba dentro o fuera de ella. En los momentos más calmados de la tormenta, escucha con especial atención para descubrirlo, pero nunca oye nada en esos instantes.

Debe de ser su imaginación. Pero es tan real que le ha hecho estremecerse por completo dos veces en el último minuto.

¡Sin duda, ahora oye ese extraño sonido! ¿Por qué no se levanta, va a la ventana y escucha si el imperceptible repiqueteo viene por casualidad de fuera, de delante de la casa? Algo parece retenerlo en el sillón, perfectamente inmóvil… Algo le hace tener miedo de girar la cabeza, por el temor de encontrarse con una visión horrible a su lado…

Silencio, se oye de nuevo, cada vez es más evidente. Y ahora varía a un crujido cercano… en el postigo de la ventana del fondo del saloncito.

¿Qué es aquello que se desliza a lo largo de la rendija entre las puertas cerradas y el suelo?… ¡Una luz!… Una luz en aquella habitación vacía que no usa nadie. Y entonces, un susurro… pasos… se mueve el picaporte en la cerradura de la puerta…

—¡Ayuda, ayuda, por Dios! ¡Peligro! Pe…

Justo cuando aquel grito de auxilio salió de los labios del anciano, los dos ladrones, enmascarados y armados, aparecieron en la habitación; y, un instante después, la mordaza de Chummy Dick estaba sobre su boca.

Wray tenía la caja de caudales apretada contra su pecho. Loco de terror, sus ojos miraron como los de un muerto mientras forcejeaba con los poderosos brazos que lo sujetaban.

Grimes, que no estaba acostumbrado a tales escenas, estaba tan petrificado por la sorpresa de encontrar al anciano fuera de la cama y la habitación iluminada que se quedó de pie extendiendo la mano con la pistola y mirando fijamente, sin hacer nada, a través de los agujeros de su máscara. No ocurrió lo mismo con su experimentado líder. Los oídos y los ojos de Chummy Dick fueron tan rápidos como las manos… Los primeros le informaron de que aquel grito de auxilio de Reuben —hábilmente sofocado con la mordaza— había despertado a alguien en la casa; las segundas detectaron la caja de caudales al instante, cuando Wray la había apretado contra su pecho.

—¡Guarda ya tu pistola de juguete, venga, tú, botarate! —susurró el atracador con violencia—. Date prisa y arráncasela de las manos. Maldito seas, ¡hazlo deprisa! ¡Se están despertando en el piso de arriba!

No fue fácil «hacerlo deprisa». A pesar de ser débil, en realidad Reuben sostenía su tesoro con la fuerza convulsa de la desesperación contra el atlético rufián que estaba luchando para llevársela. Furioso por la resistencia, Grimes ejerció toda su fuerza y arrancó la caja del abrazo del anciano tan salvajemente que la máscara de Shakespeare voló unos metros, atravesando la tapa abierta, antes de caer destrozada en pedazos sobre el suelo.

Durante un instante, Grimes se quedó de pie aterrado ante la visión de lo que era en realidad el contenido de la caja de caudales. Entonces, desbocado por la cólera salvaje producida por el descubrimiento, se acercó corriendo hasta los pedazos y, pronunciando una horrible blasfemia, estampó su pesada bota sobre ellos, como si precisamente la escayola pudiera sentir su venganza.

—¡Lo mataré si me cuelgan por esto! —gritó el villano atacando a Wray al momento siguiente y levantando su pistola de arzón por el cañón sobre la cabeza del anciano.

Pero, en ese mismo instante, valiente como su heroico tocayo, Julio César irrumpió en la habitación. En la animación del momento, golpeó a Grimes con su mano herida. El golpe, asestado incluso con esa desventaja, fue lo bastante fuerte como para arrojar al tipo al otro lado de la habitación y hacerlo chocar contra el muro de enfrente. Pero el triunfo del robusto carpintero fue breve. Apenas un segundo después de que su adversario hubiera caído, él mismo yació aturdido en el suelo, golpeado por la culata de la pistola de Chummy Dick.

Incluso el atracador londinense había perdido su sangre fría cuando se había dado cuenta del increíble engaño del que él y su compañero habían sido víctimas. Solo había recobrado su característica frialdad y su control de sí mismo cuando el carpintero había atacado a Grimes. Entonces, fiel a su sistema de no hacer nunca ruido innecesario o desperdiciar pólvora inútilmente, había golpeado a Julio César justo detrás de la oreja, con habilidad infalible. El golpe no había hecho ruido y parecía ser causado por un mero giro de muñeca, pero había sido decisivo: había aturdido a conciencia a aquel hombre.

Y, entonces, desde la planta de las habitaciones, los alaridos desgarradores de la casera circularon cada vez más rápido por la calle, atravesando las ventanas abiertas. Se mezclaron con los gritos más débiles de Annie, a quien la buena mujer detenía a la fuerza para que no entrase en el peligroso piso de abajo. La criada —el único otro habitante de la casa— competía con su señora en chillar como una loca pidiendo auxilio sin parar desde la ventana de la buhardilla.

—¡Toda la calle se levantará en un estallido! —dijo Chummy Dick, que blasfemaba por cada tres palabras que pronunciaba y ponía al parcialmente recuperado Grimes en una posición erguida otra vez—; aquí no hay botín que pillar, sal rápido, botarate, ¡o te pillarán!

Empujó a Grimes hacia el fondo del saloncito, lo subió a empellones por encima del alféizar de la ventana para que llegase al tejado del lavadero y lo dejó salir solo, como pudiese, arrastrándose; y, después, en un instante, se metió en el bolsillo de su amplio abrigo el reloj y el monedero de Wray y un broche de Annie que había dejado en la chimenea. No eran botines de mucho valor, pero la habilidad con la que los había cogido rápidamente con una mano mientras sujetaba a Grimes con la otra, y la fuerza, frialdad y destreza de las que hizo gala al organizar la retirada fueron dignas de la reputación de Chummy Dick. Mucho tiempo antes de que los dos vigilantes hubieran comenzado a pensar en la persecución, el atracador y su compañero estaban ya fuera de su alcance… Incluso habrían escapado aunque la misma policía londinense hubiera estado allí para darles caza de inmediato.

**

Cuánto tiempo permaneció el anciano en esa posición… Puesto en cuclillas allí, en el rincón de la habitación, sin agitar un miembro o pronunciar una palabra. Había caído de rodillas en ese lugar cuando los ladrones lo habían abandonado, y nada lo había movido de ahí desde entonces.

Cuando Annie se deshizo de la casera y corrió al piso de abajo, Wray no se movió. Cuando un prolongado gemido de agonía estalló de los labios de Annie al ver que el valiente hombre tendido sin sentido en el suelo parecía muerto,

Wray no dijo nada. Cuando las puertas de la calle se abrieron y una multitud de vecinos, aterrorizados y medio vestidos, entró corriendo en la casa, gritando y pisoteando, medio presa del pánico por lo ocurrido, Wray no notó a nadie. Cuando se llamó a los médicos y, entre un horrible silencio de expectación, hicieron volver en sí al carpintero, incluso en ese fascinante momento, Wray no miró. Solo cuando la habitación se despejó y su nieta se acercó a él, y ella puso el brazo alrededor de su cuello y aproximó la mejilla fría al lado de la suya, fue cuando pareció volver a la vida. Entonces, apenas dio un fuerte suspiro, su cabeza cayó sobre su pecho y tembló todo su cuerpo, como si alguna helada influencia le estuviera congelando el corazón.

Durante todo ese largo, larguísimo rato, Wray había estado mirando el desastre: los pedazos de la máscara de Shakespeare que yacían debajo de él. Y allí se quedó —mientras intentaban por varios métodos lograr que se moviera—, en cuclillas aún sobre ellos, justo en la misma posición, exactamente con la misma mirada aterradora y dura que habían visto al principio.

Annie cogió la caja de caudales y la puso agitadamente ante él. En el instante en que Wray la vio, sus ojos comenzaron a brillar. Con violenta precipitación se abalanzó sobre los pedazos de la máscara y los apiló todos juntos en la caja, con las manos temblorosas y la respiración jadeante y acelerada. Recogió el último trozo de escayola que el ladrón había machacado con la bota y forzó la vista todo lo que pudo para ver si no dejaba ningún resto en el suelo. Al fin, cerró la caja y la cogió apretándola contra su pecho, y, entonces, dejó que lo levantaran y lo condujeran con cuidado lejos de ese lugar.

No soltó su caja mientras lo metían en la cama. Annie, su novio y la casera se sentaron juntos en la habitación, y todos, de diferentes formas, sintieron el mismo horrible presentimiento acerca de él, pero se guardaron de contárselo el uno al otro. De vez en cuando, le oían batir las manos de manera extraña sobre la tapa de la caja, pero jamás habló y, en la medida en que pudieron observarlo, no se durmió.

El médico había dicho que estaría mejor cuando llegara la luz del día. ¿Sabía realmente el doctor lo que le ocurría? ¿Y había sospechado que algo se había roto gravemente aquella noche, además de la máscara de Shakespeare?

VIII

UNA IDEA DE ANNIE

A la mañana siguiente, la noticia del robo no se había extendido únicamente por todo Tidbury, sino también por todos los pueblos cercanos. La primera persona que llamó al número 12 para ver cómo estaban después del horror de la noche anterior fue Colebatch. La voz del viejo caballero se escuchó más alta que nunca mientras subía por las escaleras con la casera. Declaró que haría que los dos vigilantes quedaran sin empleo ya que eran totalmente ineptos para cuidar de la ciudad. Juró que, aunque le costase cien libras, traería a la policía de Londres y conseguiría la captura, el procesamiento, la condena y la ejecución de «aquellos dos malditos asaltadores» antes de que llegara la Navidad. Invocando venganza y castigo en cada peldaño que subía, al terrateniente le hervía la sangre cuando entró en la sala. Sin embargo, sintió que volvía a «templarse» inmediatamente, al no encontrar a nadie allí; y todavía descendió veinte grados más a la altura de la cara de la pequeña Annie cuando ella bajó para encontrarse con él.

—¡Annie, anímate! —dijo el viejo caballero en un débil y último intento de jovialidad—, ya ha pasado todo. ¿Cómo está el abuelo? Todavía muy asustado, ¿eh?

—¡Oh, señor! Aterrado, ¡me temo que ha perdido la cabeza! —e, incapaz de controlarse por más tiempo, la pobre Annie rompió a llorar.

—¡No llores, Annie, no llores! No puedo soportarlo… No tienes que llorar, de verdad —dijo el terrateniente en un tono que era cualquier cosa excepto firme—, hablaré con él para que vuelva en sí. Lo haré, tan cierto como que me llamo Matthew Colebatch. Basta —entonces sacó su voluminoso pañuelo de la India y comenzó a enjugar las lágrimas de la muchacha con muchísimo cuidado, como si hubiera sido una niña pequeña y fuera su propia hija—. Así, ahora las secamos… ¡Ya no tenemos lágrimas! Hay una a la izquierda. Y ahora que ya está, tendremos una charlita sobre este asunto, hija mía, y veremos lo que se hace. En primer lugar, ¿qué es todo eso que he oído sobre que se ha roto un vaciado de escayola?

Annie habría dado el mundo entero por poder abrir su corazón a Colebatch sobre la máscara de Shakespeare; pero pensó en su promesa, y también pensó en el Ayuntamiento de Stratford, que de alguna forma podría llegar a enterarse del secreto, si se hubiera revelado a alguien, y perseguir a su abuelo con todo el peso de la ley, aunque estuviera triste y destrozado como estaba entonces, hasta su escondite en Tidbury-on-the-Marsh.

—Señor, he prometido no decir nada a nadie sobre el vaciado de escayola —comenzó. Se la veía muy avergonzada e infeliz.

—Y mantendrás tu promesa —intervino el terrateniente—; eso está bien… ¡Muchacha honesta y buena! Por eso me gustas aún más. No diremos una palabra más sobre el vaciado. Pero ¿qué se han llevado? ¿Qué han cogido los malditos sinvergüenzas?

—El viejo reloj de plata del abuelo, señor, su monedero, con diecisiete chelines y seis peniques, y mi broche… pero eso no es nada.

—¡Nada! ¡El broche de Annie, nada! —gritó el terrateniente, recuperando su innata irritabilidad—. Pero no importa, estoy decidido a hacer capturar y colgar a los granujas, ¡aunque sea solo por haber robado ese broche! Y ahora mira aquí, hija mía; si no quieres enfadarme, toma esto y ¡no digas nada!

¿«Tomar» qué? ¡Dios santo! ¡«Tomar» una mina de oro! ¡Había arrugado un billete de diez libras en su mano!

—¡Te vuelvo a decir, obstinada muchacha, que no me enfades! —exclamó el viejo caballero cuando la pobre Annie mostró alguna ligera dificultad en coger el regalo—. Dios me libre de pensar en herir tus sentimientos, hija, por una mísera razón tal como tener alguna libra más en mi bolsillo que tú en el tuyo —continuó en un tono tan amable y serio que los ojos de Annie comenzaron a llenarse de lágrimas de nuevo—. Llamaremos a ese billete, si quieres, mi pago por adelantado del encargo de un trabajo de encaje. Ayer vi que haces encaje; y mi intención es considerarte mi encajera habitual durante el resto de tu vida. ¡Por todos los diablos! —continuó, reanudando su conducta abrupta y extraña—, la cantidad de encaje que necesitaré es indeterminada. Está mi vieja ama de llaves, la señora Buddle… Annie, ¡que me parta un rayo si no la he visto con otra cosa más que con encaje, de los pies a la cabeza, por dentro y por fuera, toda entera! Solo quédate con esto: no te pongas a trabajar en el encargo hasta que yo te lo diga. Debemos esperar a que Buddle haya gastado su vieja reserva de enaguas, antes de comenzar, ¿eh? Vamos, vamos, vamos, no vayas a llorar otra vez. ¿Puedo ver a Wray? ¿No? Muy bien, mejor no molestarlo tan pronto. Dale mis saludos y di que vendré mañana. Quédate con el billete, quédate con el billete y no estés desanimada… y, otra cosa, pequeña Annie: ¡no olvides que tienes un amigo viejo y raro que vive en Cropley Court!

De esta manera, el buen terrateniente hablaba consigo mismo casi fuera de la habitación, sin permitir que Annie metiera baza. Una vez en las escaleras, se dejó arrastrar nuevamente y con mayor ira al asunto de los asaltadores. La última cosa que le oyó decir la casera, mientras cerraba la puerta de la calle tras él, fue que iba a «hacérselas pagar» a los dos vigilantes de Tidbury por no detener el robo… a «hacérselas pagar maravillosamente» tan seguro como que se llamaba Matthew Colebatch.

Annie guardó cuidadosamente el regalo del anciano y amable caballero —estaban sin un céntimo antes de recibirlo— y volvió a la habitación de su abuelo. Él se había movido un poco a medida que avanzaba la mañana y, en ese momento, estaba ocupado en un trabajo que, al verlo, le partía el corazón: Wray estaba intentando restaurar la máscara de Shakespeare.

Las primeras palabras que había pronunciado desde el robo las había dirigido a Annie. Wray parecía no saber que los ladrones se habían retirado antes de que ella bajara las escaleras, y preguntó si le habían hecho daño. Tranquilizado sobre ese punto, a continuación le había hecho señas al carpintero para que se acercase y había suplicado, con un susurro impaciente, que le llevaran algo de pegamento enseguida. Aunque al principio no podían imaginar lo que quería, le siguieron la corriente con gusto.

Cuando le llevaron el pegamento, Wray había abierto su caja de caudales, con un aire de débil esperanza nostálgica en su rostro que daba lástima de ver, y había comenzado a ordenar los pedazos de la máscara ante él sobre la cama. Estaban destrozados más allá de toda reparación; pero todavía los movía de un lado a otro, con sus manos temblorosas, murmurando tristemente todo el rato que él sabía que era muy difícil, pero estaba seguro de que al final tendría éxito. Algunas veces seleccionaba las piezas de forma equivocada, unía con el pegamento dos o tres y, después, tenía que separarlas de nuevo. Incluso cuando escogía los pedazos de la manera correcta, no podía encontrar bastantes para que se unieran lo suficientemente como para reproducir al menos un cuarto de la máscara en su forma original. Todavía seguía retirando pieza tras pieza la escayola rota, hasta las más pequeñas, laboriosamente y con paciencia, y, con el fracaso más descorazonador durante horas, lo seguían animando la misma falsa esperanza de éxito y la misma vana perseverancia. Había comenzado por la mañana temprano y no se había rendido cuando Annie regresó de su entrevista con Colebatch. Saber lo completamente infructuosos que eran todos sus esfuerzos y verlo continuar con ellos ansiosamente a pesar del fracaso, en efecto, era una situación para desesperarse y ponerse a temblar.

Al final, Annie le suplicó que guardara los pedazos en la caja y que descansara un poco. Wray no escuchaba a nadie salvo a ella, e hizo lo que le pidió diciendo que ese día su cabeza no estaba lo suficientemente despejada para la labor de restauración, pero que tenía la certeza de que al día siguiente tendría éxito. Cuando hubo cerrado y colocado la caja bajo su almohada, se relajó y se durmió inmediatamente.

¡Ese era su estado! Ahora no tenía otra idea en su cabeza, excepto la de restaurar la máscara de Shakespeare. Cuando lo distraían de eso, o bien se quedaba dormido o bien se quedaba levantado, pero ausente y enmudecido. Aunque no había perdido sus facultades, las tenía suspendidas. Su cerebro se había aletargado al romperse la amada posesión a la que tanto cariño tenía. Aquellos rasgos de escayola, fríos y tranquilos, habían sido su pensamiento durante el día y sus sueños durante la noche. En ellos, su bella y profunda devoción a Shakespeare —bella como una innata fe poética que había vivido a través de cada poética privación de la vida— había encontrado su manifestación externa más querida. Obtenerla había sido el único y gran logro de su vida; y guardarla, la única gran decisión. Y ahora ¡estaba rota! El bien familiar más preciado, después de su nieta, que el pobre actor había tenido jamás para rendir culto, ¡y sus propios ojos lo habían visto caer destrozado en el suelo!

Era esto, más allá del miedo producido por el robo, lo que lo había alterado y provocado el estado en que se encontraba en ese momento.

No había forma de despertarlo. Todos lo intentaron y todos fallaron. Seguía pacientemente, día tras día, con su tarea desesperada y triste de unir los pedazos de escayola; y siempre había alguna excusa para el fracaso, siempre había alguna razón para volver a intentarlo de nuevo. Annie podía influir en todo lo demás —puesto que su corazón, que era todo para ella, había escapado del golpe que había aturdido su mente—, pero, en cualquier asunto relacionado con la máscara, su injerencia era ineficaz.

El buen terrateniente iba de vez en cuando para ver qué podía hacer: fue cada día y bromeó, suplicó, sermoneó y aconsejó con su propio modo excéntrico y campechano, pero el viejo solo sonreía débilmente y olvidaba lo que se le decía tan pronto como salían las palabras de la boca del otro. Colebatch, apelando a un último recurso, dio con lo que consideraba una estratagema de primer orden. En privado, informó a Annie de que insistiría para que todo su servicio, con Buddle, el ama de llaves, a la cabeza, aprendieran oratoria para así poder contratar a Wray en el trabajo que sabía hacer.

—Ninguno de esa maldita gente de Tidbury aprenderá —dijo el amable y viejo terrateniente—, así que mis sirvientes formarán una clase para él, con Buddle al frente para mantenerlos en orden. Dejémosle enseñar a su manera y debería volver en sí… lo hará por la fuerza de la costumbre.

Sin embargo, no lo hizo. Le dijeron que lo estaba esperando una clase de alumnos nuevos, pero Wray apenas respondió que le agradaba la noticia y, un momento después, olvidó todo el asunto.

El médico intentó ayudarlos por todos los medios. Probó con estimulantes y con sedantes, probó manteniendo al paciente en cama y levantado, probó aplicando calor y ventosas, y, después, desistió, diciendo que Wray seguramente debía de tener algo en su cerebro y en eso eran inútiles el purgante y el tratamiento. Sin embargo, el médico aún les transmitió una palabra de consuelo. La fortaleza física del anciano apenas había fallado. Siempre estaba listo para salir de la cama y vestirse, y parecía alegrarse cuando se sentaba en su sillón. Esta era una buena señal, pero no era posible saber cuánto tiempo podría durar.

Duró toda una semana. ¡Una larga semana de invierno melancólica y gris! Entonces, se acercaba rápidamente el día de Navidad. Por primera vez llegaba como un día de luto a la pequeña familia que, a pesar de la pobreza y de todas las severas desgracias que esta provocaba, había disfrutado de ese día alegre y cariñosamente juntos hasta la fecha, ¡como el día festivo más bienaventurado de todo el año! ¡Ah, qué doblemente triste se sentía la pobre Annie cuando por la noche entraba en su alcoba y recordaba que sería Navidad en dos semanas!

Ya se la comenzaba a ver pálida y delgada. No es solo la alegría lo que se muestra en los jóvenes con mayor facilidad y prontitud… el dolor —¡ay!, no debería ser así— comparte en este mundo el mismo privilegio, y ahora Annie parecía tal como se sentía: enferma del corazón. Aquel día no había habido ningún cambio. Annie había dejado al anciano por la noche, y este no estaba mejor. Él había vuelto a pasar sus horas intentando restaurar la máscara, y mostraba, solo de vez en cuando y por instinto, algún cariño y atención hacia su nieta. Pero, como siempre, estaba igual de desesperadamente ausente frente a cualquier otro estímulo.

Annie se sentó con apatía en la única silla de su pequeña alcoba, pensando —era su único pensamiento entonces— en qué nuevo plan se podría adoptar al día siguiente para despertar a su abuelo; pero todavía el luto por la máscara rota era el único y fatal obstáculo para cada esfuerzo que ella pudiera hacer. Así, se sentó durante algunos minutos, apática y distraída… Cuando, de pronto, notó un cambio maravilloso y extraordinario, que obraba desde su interior. Saltó de su silla, con una palidez tan mortal y cadavérica como si se hubiera vuelto de piedra. Entonces, un momento después, su cara se sonrojó, entrelazó las manos violentamente y respiró rápido. Luego, palideció una vez más, le tembló todo su cuerpo y cayó de rodillas a un lado de la cama, escondiendo la cara en las manos.

Cuando se levantó de nuevo, las lágrimas caían deprisa sobre sus mejillas. Vertió agua y se las quitó lavándose la cara. Una expresión extraña de firmeza —un brillo de entusiasmo, hermoso en su resplandor y pureza— cruzó su cara cuando tomó la vela y abandonó la habitación.

Fue al último piso de la casa, donde dormía el carpintero, y llamó a la puerta.

—Martin, ¿no te has ido a dormir todavía? —susurró (la vieja broma de llamarle Julio César se acabó entonces).

Este abrió la puerta con asombro y dijo que acababa de subir hacía solo un momento.

—Baja al saloncito, Martin —dijo ella mirándolo intensamente… casi salvajemente, como él pensó—. Ven rápido, tengo que hablar contigo enseguida.

La siguió al piso de abajo. Cuando entró en la sala, ella cerró la puerta cuidadosamente y, entonces, dijo:

—Martin, se me ha ocurrido una idea que tengo que contarte. Se me acaba de ocurrir ahora, mientras estaba sola en mi habitación, y creo que Dios me la envió.

Ella le hizo señas para que se sentase a su lado y, entonces, comenzó a susurrarle algo al oído rápidamente, con ansiedad, sin pausa.

Mientras escuchaba, la cara de él al principio empezó a palidecer, como lo había hecho la de Annie. Entonces, enrojeció; después, se endureció como la de ella, pero aún más. Cuando Annie hubo terminado de hablar, él solo dijo que era un riesgo terrible en todos los aspectos, repitiendo «en todos los aspectos» con verdadero énfasis; pero ella lo deseaba y, por tanto, se haría.

Cuando se levantaron para separarse, ella le dijo tierna y gravemente:

—Siempre has sido muy bueno conmigo, Martin; sé bueno y sé un hermano para mí ahora más que nunca… por ahora te estoy confiando todo lo que tengo que confiar.

Años después, cuando se casaron y sus hijos crecieron a su alrededor, él recordó la última mirada y las últimas palabras de Annie al separarse aquella noche.

IX

LA MÁSCARA DE SHAKESPEARE

A la mañana siguiente, cuando el anciano estuvo listo para levantarse y vestirse, no fue el honesto carpintero quien, como de costumbre, fue a ayudarlo, sino que fue un extraño: el hermano de la casera. Wray no notó ese cambio. Cualquier pensamiento que le quedara era pura abstracción. La tarde anterior, Annie, por un cariñoso deseo de seguirle la corriente respecto al capricho que se había convertido en el centro de su vida, le había llevado un bote de cola-cemento. Y ahora Wray seguía murmurándose todo el rato, mientras se vestía, que tenía la certeza de que lograría reconstruir por fin los pedazos rotos de la máscara con la ayuda de la cola. Solo era el pegamento, dijo, lo que le había hecho fracasar hasta ese momento; con la cola-cemento estaba bastante seguro de que lo conseguiría.

La casera y su hermano lo ayudaron a bajar a la salita. Allí no había nadie, pero sobre la mesa, donde se habían colocado las cosas del desayuno, había una pequeña nota. Wray miró alrededor con curiosidad cuando se percató por primera vez de que la casa estaba vacía. Entonces, habló la única voz que no estaba en silencio en su interior, la de su corazón, y le dijo que Annie debería haber estado en la habitación para reunirse con él como de costumbre.

—¿Dónde está Annie? —preguntó con ansiedad.

—No me dejes sola con él, James —susurró la casera a su hermano—, hay que darle malas noticias.

—¿Dónde está? —repitió con mirada de loco cuando lo preguntó por segunda vez.

—Señor, haga el favor de serenarse y lea esta carta —dijo la casera en tono tranquilizador—; la señorita Annie está completamente a salvo y quiere que usted lea esto —y le pasó la carta.

Wray golpeó la carta tan ferozmente que la casera comenzó a retroceder de miedo. Entonces, él gritó con violencia por tercera vez:

—¿Dónde está?

—Díselo —susurró el hermano de la casera—, díselo de una vez o lo harás empeorar.

—Señor, se ha marchado —dijo la mujer—. Se ha marchado, pero solo por tres días. Las últimas palabras que dijo fueron: «Diga a mi abuelo que volveré en tres días y dele esta carta con todo mi cariño». ¡Oh, señor, no me mire así… no me mire así! Seguro que volverá.

Wray se repitió en voz baja las palabras «se ha marchado» varias veces con una aterradora expresión vacía en los ojos. De repente, hizo una seña para que recogieran la carta del suelo. La abrió en cuanto se la dieron e intentó leer el contenido.

La carta era corta y estaba escrita con letras muy temblorosas y emborronadas. Decía así:

Queridísimo abuelo:

Nunca te he abandonado en mi vida, y ahora solo me voy para intentar serte útil y hacerte bien. Si Dios quiere, volveré en tres días o antes, trayendo conmigo algo que alegrará tu corazón y te hará quererme incluso más. No me atrevo a decirte dónde o por qué me voy… te asustarías mucho y quizás mandarías ir detrás de mí para traerme de vuelta, pero, créelo, ¡no hay peligro! Oh, querido abuelo, no dudes de tu pequeña Annie, no dudes de que regresaré cuando te he dicho, y traeré algo que hará que me perdones por irme sin tu permiso. ¡Si esperas solo tres días, seremos muy felices otra vez! Él —ya sabes quién— viene conmigo para cuidarme. Querido abuelo, piensa en la bendita Navidad que nos reunirá a todos de nuevo, ¡más felices que nunca! No puedo escribir nada más, salvo que rezo a Dios para que te bendiga y te proteja hasta que nos encontremos de nuevo.

Annie Wray

No había leído más de la mitad cuando se le cayó la carta y pronunció las palabras «se ha marchado» con un agudo chillido que hizo estremecer a los otros dos al escucharlo. Después, pareció como si una sombra, una horrible e inefable sombra, estuviera pasando a hurtadillas sobre su cara. Sus dedos toquetearon y juguetearon con un extremo del mantel cercano a él, y comenzó a hablar con un débil susurro:

—Me temo que me estoy volviendo loco; que algo me ha hecho morirme de miedo —murmuró en voz baja—. Basta, déjenme ver si sé lo que digo. ¡Vamos, vamos! Esta es la mesa del desayuno, eso lo sé. Ahí está su taza y el platillo, y esta es la mía. Sí, y ese tercer sitio en el otro lado… ¿de quién es ese?… ¿De quién, de quién, de quién? ¡Ah, Dios mío, Dios mío! ¡Estoy loco! ¡He olvidado de quién es ese tercer sitio! —se detuvo, estremeciéndose por completo. Y, un momento después, gritó—: ¡Se ha marchado! ¿Quién dice que se ha marchado? Eso es mentira, no, no, me han gastado una broma cruel. Annie, no se gastan bromas con eso. ¡Baja, Annie! ¡Alguno de vosotros, que la llame! Annie, la han roto en pedazos… ¡la escayola no se podrá volver a arreglar! ¡No puedes dejarme, ahora que se ha roto completamente en pedazos! ¡Annie, Annie, ven y arréglalo! ¡Annie, pequeña, Annie…!

La llamó por su nombre una última vez en un tono de súplica indescriptiblemente lastimera; entonces, se derrumbó en una silla, gimiendo. Después, enmudeció de una vez por todas y desconfió en extremo de todo. Continuó en ese estado hasta que comenzaron a fallarle las fuerzas y, entonces, lo llevaron al sofá. En cuanto se acostó, cayó rápidamente en un sueño febril y pesado.

Ah, Annie, Annie, tan cuidadosamente como lo vigilabas y no te diste cuenta de su enfermedad; no presentiste una consecuencia de tu ausencia como esta, si bien tu propósito al dejarle era valiente y cariñoso, ¡tendrías que haber evitado la fatídica necesidad de separarte de su cabecera durante tres días!

Colebatch llegó poco después de que el anciano se hubiera quedado dormido, acompañado de un médico nuevo: un médico de gran renombre, que había robado un poco de tiempo a su trabajo en Londres, en parte para visitar a algunos familiares que vivían en Tidbury y en parte para recobrar su propia salud, la cual se había resentido al curar la de otra gente. En el momento en que el buen terrateniente oyó que una ayuda como esta estaba por casualidad disponible en el pueblo, se la aseguró al pobre y viejo Reuben sin esperar ni un momento.

—¡Oh, señor! —dijo la casera, al encontrarlos en el piso de abajo—; ¡sigue tan mal, es tan espeluznante! De verdad, no sé qué podemos hacer.

—Es una suerte que alguien más sí lo sepa —la interrumpió el terrateniente de manera malhumorada.

—Pero, señor, usted no sabe que Annie se ha ido… ¡Se ha ido sin decir adónde!

—Sí, da la casualidad de que eso también lo sé —dijo Colebatch—; tengo una carta suya en que me pide que cuide de su abuelo mientras ella esté fuera, y aquí estoy para hacer lo que me pide. Ante todo, señora, permítanos entrar en alguna habitación donde este caballero y yo podamos tener una charla de cinco minutos en privado.

Y cuando el médico y él estuvieron solos en la sala de estar, el terrateniente dijo:

—Entonces, señor, en pocas palabras, el caso es este: hace una semana, dos malditos asaltadores entraron en esta casa y encontraron al anciano Wray sentado solo en el saloncito. Por supuesto, consiguieron aterrorizarlo y también robaron algunas baratijas, cosas sin importancia. De algún modo se las apañaron para romper un vaciado de escayola suyo. Hay un misterio sobre este vaciado que la familia no quiere explicar y que nadie puede descubrir; pero parece ser que el anciano estaba tan encariñado con su objeto como si fuera uno de sus hijos… Una cosa rara, dirá, pero cierta, señor, ¡cierta como que me llamo Colebatch! Bien, desde entonces ha estado psicológicamente débil y ha empleado todo su tiempo esforzándose por arreglar el maldito vaciado, sin hacer caso de nada más. Este tipo de comportamiento ha durado seis o siete días. Y ahora… ¡otro misterio! Tengo una carta de su nieta (la muchacha más amable y adorable que haya visto en mi vida) que me ruega que cuide de él (no he visto nunca una carta tan encantadora y tierna), que cuide de él, me dice, mientras ella se marcha durante tres días para regresar con una sorpresa para él que asegura que obrará milagros. No dice qué sorpresa es ni adónde se marcha, pero promete regresar en tres días, ¡y lo hará! ¡Apuesto mi vida a que la pequeña Annie mantendrá su palabra! Entonces, hasta que la volvamos a ver y todo este increíble misterio se esclarezca, la pregunta es: ¿qué podemos hacer por el pobre anciano?, ¿qué podemos?, ¿eh?

—Quizás —dijo el médico, sonriendo, al final de esta arenga tan pintoresca— es mejor que vea al paciente antes de decir algo.

—¡Por todos los diablos! ¡Qué tonto soy! —exclamó el terrateniente—; por supuesto… Véalo usted en persona… ¡Eso es, doctor, eso es!

Entraron en la salita. El enfermo estaba todavía en el sofá. Se movía y hablaba en sueños. El médico hizo una seña a Colebatch para que guardara silencio. Se sentaron y escucharon.

Los sueños del anciano parecían estar relacionados con alguno de los últimos lugares de su vida, que había transcurrido en pequeñas ciudades enseñando a actores de provincias. Estaba riéndose justo en ese momento.

—¡Ja, ja! Joven caballero —escucharon que decía—, ¿y a eso lo llama actuar? Ah, hijo, hijo… nosotros, los profesionales, no chocamos unos contra otros en el escenario de ese modo… ¡Tiene suerte de haberme llamado antes de que sus amigos vinieran a verlo! Señor, basta, no haga eso, no debe morir de ese modo… Primero, caiga sobre sus rodillas, después, derrúmbese… entonces… oh, hijo, qué duro es conseguir que la gente hable de manera correcta y no vaya bajando la voz al final de cada frase. Nunca lo conseguiré… nunca…

Aquí se detuvieron las palabras desenfrenadas. Después, cambiaron y se volvieron tristes.

—¡Shhh, shhh! —murmuró en un ronco tono de asombro—. ¡Silencio entre bastidores! ¿No estáis escuchando a Kemble?… Escuchad y aprended, como hago yo. Reíos, idiotas, que no reconocéis una buena actuación cuando la veis… ¡Dejadme solo! ¿Por qué me empujas? ¡No te estoy molestando! Solo quiero mirar a Kemble… No toques ese libro… Es mi Shakespeare… Sí, mío. Supongo que puedo leer a Shakespeare si quiero, aunque solo sea un actor de un chelín la noche… Un chelín la noche… Una paga de miseria… Ja, ja… ¡Una paga de miseria!

El triste tono se volvió más lastimero y desesperado.

—¡Ah! —exclamó entonces—, ¡no sea severo conmigo! ¡No lo sea, por el amor de Dios! ¡Mi esposa, mi pobre y querida esposa, murió hace solo una semana! Oh, tengo frío, aquí estoy muerto de frío, en este lugar de corrientes de aire. No puedo evitar llorar, señor; ¡ella era tan buena conmigo! Pero tendré cuidado y saldré al escenario cuando me llamen, si usted hace el favor de no tenerme en cuenta ahora, y no permitiré que se rían de mí. ¡Oh, Mary, Mary! ¿Por qué Dios me la ha quitado? ¿Por qué? ¿Por qué? ¿Por qué?

Entonces, los murmullos se desvanecieron; luego, empezaron otra vez, pero de manera más confusa. Unas veces, su discurso errático trataba por completo sobre Annie; otras, variaba y se lamentaba por su máscara rota; y otras, regresaba a los antiguos días entre los bastidores del Drury Lane.

—¡Oh, Annie, Annie! —exclamó el terrateniente con los ojos llenos de lágrimas—; ¿por qué te has ido?

—No estoy seguro —dijo el médico— de que al final su marcha no llegue a hacerle bien. Evidentemente, le ha traído estos asuntos a su subconsciente, eso puede verse. Su regreso será una conmoción para él… Es un riesgo, señor, pero esa conmoción puede actuar de la manera correcta. Cuando las facultades de un hombre luchan por recuperarse como las suyas lo están haciendo, es porque no se han ido totalmente. ¿Dice que la señorita volverá pasado mañana?

—Sí, sí —respondió el terrateniente—, y dice que con una «sorpresa». ¿Qué sorpresa? Dios bendito, ¡por qué no podía decir qué sorpresa será!

—No tenemos que preocuparnos de eso —intervino el otro—. Cualquier sorpresa servirá, si la soporta su fortaleza física. Lo mantendremos tranquilo, tan dormido como sea posible, hasta que ella regrese. He visto algunos casos muy curiosos de este tipo, Colebatch, casos que se curan por meros accidentes de la manera más inexplicable. Observaré este caso en especial con interés.

—Cúrelo, doctor, cúrelo y, por Dios, yo…

—Silencio, lo despertará. Ahora será mejor que nos vayamos. Volveré en una hora y le diré a la casera dónde avisarme si ocurre algo antes.

Salieron silenciosamente y lo dejaron como lo habían encontrado, hablando entre dientes y murmurando en sueños.

**

Al tercer día, a última hora de la tarde, Colebatch y el médico estaban otra vez en el saloncito del número 12 y, de nuevo, se ocupaban atentamente de estudiar el estado del pobre y anciano Reuben Wray.

Esta vez, Wray estaba completamente despabilado y se movía con debilidad, pero sin parar, por todos los rincones de la habitación, hablándose a sí mismo, bien de forma lastimera sobre la máscara rota, bien con violencia y enfado sobre la ausencia de Annie. Nada atraía su atención lo más mínimo, parecía ignorar totalmente que alguien estaba con él en la alcoba.

—¿Por qué no puede mantenerlo tranquilo? —susurró el terrateniente—; ¿por qué no le da un opiáceo, o lo que sea, como hizo ayer?

—Su nieta regresa hoy —respondió el doctor—. Hoy hay que dejarlo al cuidado del gran médico: la Naturaleza. No me corresponde a mí entrometerme en esta crisis, pero sí observar y aprender.

Esperaron otra vez en silencio. Se trajeron luces, ya que oscurecía mientras mantenían su inquieta vigilancia. ¡Y Annie todavía no llegaba!

Dieron las cinco y, aproximadamente diez minutos después, llamaron a la puerta de la calle.

—¡Ha vuelto! —exclamó el médico.

—¿Cómo lo sabe? —preguntó Colebatch con ansiedad.

—Señor, ¡mire! —y el médico señaló a Wray.

Wray se había estado moviendo con más inquietud y hablando con más vehemencia justo antes de la llamada a la puerta. Se detuvo en el momento en que se había oído llamar; y, entonces, se había quedado ahí, completamente mudo y quieto. No había ninguna expresión en su cara. La respiración parecía suspendida. ¿Qué influencias secretas estaban moviéndose dentro de él? ¿Qué espantosa orden pasó sobre las oscuras aguas en las que su espíritu se movía con dificultad y les había dicho: «calma, quedaos tranquilas»? Eso ningún hombre, ni siquiera el hombre de ciencia, podría decirlo.

Cuando se abrió la puerta y, desde el piso de abajo, se oyó la alegre exclamación de la casera al reconocerla, el médico se levantó de su asiento y con cuidado se puso detrás del anciano.

Los pasos se apresuraron hacia el piso de arriba. Entonces, antes de que entrara, se escuchó la voz de Annie jadeante e impaciente:

—¡Abuelo, tengo el molde! Abuelo, he traído un vaciado nuevo. La máscara, ¡gracias a Dios!, ¡la máscara de Shakespeare!

Annie se echó a sus brazos sin ver que había alguien más en la habitación. Mientras tenía la cabeza en su pecho, el temple de la valiente muchacha la abandonó por primera vez desde su ausencia, y rompió a llorar desconsoladamente antes de poder pronunciar otra palabra.

Wray dio un gran grito en el momento en que ella lo tocó: una expresión mal articulada que le salió desde su interior nada más reconocerla. Entonces sus brazos se cerraron y la apretaron tan fuerte que el médico avanzó hacia ellos un paso o dos y mostró en su cara la misma mirada de alarma que ya había revelado anteriormente.

Sin embargo, en ese instante los brazos del anciano volvieron a caer, impotentes y pesados, a los lados. ¿Qué estaba viendo ahora en aquella caja abierta en las manos del carpintero? ¡La máscara!… Su máscara, ¡completa como nunca! Blanca, tersa y preciosa como cuando la había extraído del molde la primera vez en su propia alcoba de Stratford.

La lucha del instinto de supervivencia ante esa visión —la tensión y la convulsión de cada nervio— era terrible de ver. Sus ojos giraron en sus órbitas, dilatados, un oscuro rubor de sangre subió y se extendió sobre su cara, y empezó a respirar en bocanadas de agonía roncas e intensas. Esto duró un momento, un momento de espanto; después, cayó en los brazos del médico como si lo hubieran herido mortalmente.

Lo llevaron a un sofá en medio del silencio de aquella incertidumbre terrible de describir. El médico puso el dedo en su muñeca, esperó un instante y, después, miró hacia arriba y asintió ligeramente con la cabeza. El pulso ya volvía a notarse débilmente.

El proceso de hacerlo volver en sí era largo y delicado. Era como ayudar a que la vida, nueva y frágil, se desarrollara en un niño recién nacido. Pero el médico era tan paciente como diestro, y, al final, escucharon al anciano que recuperaba la respiración de forma suave y natural.

Su debilidad era tan grande que sus párpados se cerraron al primer esfuerzo de mirar a su alrededor. Cuando se volvieron a abrir, sus ojos parecían extrañamente líquidos y tiernos, casi como los ojos de una niña. Quizás era en parte porque se giraron hacia Annie en el momento en que pudieron ver.

Pronto movió los labios, pero su voz era tan débil que el médico estaba obligado a escucharlo poniéndose cerca de la boca para poder oírlo. Dijo, titubeando, que había tenido un sueño espantoso que lo había hecho enfermar y tener miedo, pero que eso había pasado y que estaba mejor ahora, aunque no lo suficientemente fuerte como para recibir todavía tantas visitas. Aquí decayeron sus fuerzas para hablar y volvió nuevamente, en silencio, la cabeza hacia Annie. Un minuto después, le susurró algo. Ella fue a la mesa y le llevó la máscara nueva y, después de arrodillarse, la sujetó ante él para que la mirara. El médico hizo señas a Colebatch, a la casera y al carpintero para que lo siguieran al fondo de la habitación.

—Ahora bien —dijo—, tengo una única indicación importante que darles, y tienen que comunicársela a la señorita Wray cuando esté un poco menos nerviosa. De ningún modo permitan que el paciente sepa que está equivocado al pensar que todos sus problemas han sido fruto de un sueño. Ese será el punto débil de su conciencia intelectual durante el resto de su vida. Cuando esté más fuerte y seguro como para preguntarles con curiosidad sobre este sueño, ¡manténganle en su propio engaño si les importa su salud mental! Solo ha recuperado la razón porque esta se ha escapado de las fauces de la muerte, puedo asegurárselo. ¡Denle el tiempo necesario para fortalecerse! Me arriesgo a decir que, como ustedes saben, una articulación que se ha dislocado por un movimiento brusco también se coloca con otro movimiento brusco. Consideren su mente en este mismo sentido, al haber sido dislocada por una conmoción, ahora se colocará por otra, y traten su inteligencia como ustedes tratarían un miembro que ha regresado a su posición correcta: trátenlo con ternura. A propósito —añadió el médico tras un momento de meditación—, si no pueden conseguir la llave de su caja sin sospecha, fuercen la cerradura y tiren los pedazos del viejo vaciado (a los que siempre se refería en su delirio) … destrócenlos. Incluso si los ve otra vez, pueden causarle daños terribles.

Siempre debe pensar lo que piensa ahora: que el vaciado nuevo es el mismo que ha tenido todo el tiempo. Es un caso muy extraordinario, Colebatch, muy extraordinario; realmente me siento en deuda con usted por permitirme estudiarlo. Serénese, señor, ya veo que usted ha estado un poco nervioso y sobresaltado por todo esto, pero ya no hay peligro para él. Mírenlo: ese hombre, excepto por un aspecto, ¡está tan cuerdo como no lo ha estado en su vida!

Todos lo miraron, cuando acabó de hablar el médico: Wray estaba aún en el sofá y observaba fijamente la máscara de Shakespeare que Annie, arrodillada a su lado, le sujetaba delante. El brazo de Wray rodeó el cuello de Annie y, de vez en cuando, le susurraba sonriendo débilmente, pero muy feliz, mientras ella le respondía también en susurros. La escena era muy natural, pero la casera, pensando en todo lo que había pasado, comenzó a llorar cuando la contempló. El honesto carpintero la vio y siguió su ejemplo, y Colebatch probablemente compartió la misma debilidad en ese momento, aunque él fue quien más hizo por disimularlo.

—¡Vengan —dijo el terrateniente roncamente y a toda prisa—, aquí solo estorbamos, dejémoslos solos!

—Muy cierto, señor —observó el médico—; ¡esa preciosa muchacha es la única asistente médica adecuada para estar con él ahora! ¡Le espero, Colebatch!

—Le digo, joven —dijo el terrateniente al carpintero, mientras bajaban las escaleras—, que esté aquí mañana por la mañana. Tengo algo que preguntarle en privado cuando no esté tan nervioso como ahora. En este momento, en que nuestros buenos y viejos amigos están comenzando a caminar de nuevo, mi curiosidad también está caminando. Esté aquí mañana, a las diez, cuando yo venga. ¡Preparado, doctor! No, después de usted, por favor. Ah, gracias a Dios, entramos en esta casa llorando y ahora salimos alegres. Después de todo, ¡será una feliz Navidad, doctor, y habrá un próspero Año Nuevo!

X

NAVIDAD

El terrateniente llegó sumamente puntual cuando dieron las diez. En lugar de subir al piso de arriba, misteriosamente mandó llamar al carpintero a la sala de estar.

—Bien, en primer lugar, ¿cómo está Wray? —dijo el anciano caballero, tan preocupado como si no hubiera enviado a nadie a preguntar precisamente por esta cuestión tres veces la noche anterior y dos por la mañana temprano.

—¡El Señor le bendiga! —respondió el carpintero con una amplia sonrisa y frotándose las manos de manera muy expresiva—. Ha vuelto a tener el mismo brío de siempre, después de dormir bien anoche. Sin duda todavía está tremendamente débil, pero ya ha conseguido volver a ser él mismo. Señor, en la última media hora me ha tratado con severidad por mi manera de hablar dos veces; está haciendo que Annie lea a Shakespeare para él y está preguntando si viene algún alumno nuevo: todo exactamente como antes. Oh, señor, da alegría verlo así una vez más… Si sube las escaleras…

—Espere, todavía no hemos acabado —dijo el terrateniente—, siéntese. Por cierto, ¿ha dicho algo sobre esa maldita caja de caudales?

—Señor, como me dijo el doctor, esta mañana la abrí con llave, saqué cada trozo de escayola y lo enterré todo muy hondo en el jardín detrás de la cocina. Luego, el señor Wray vio la caja y se estremeció. «Llévatela», dijo, «no dejes que la vea otra vez; me recuerda ese sueño espantoso». Y, después, señor, nos contó lo que había ocurrido exactamente como si lo hubiera soñado, diciendo que eso no se lo podía quitar de la cabeza porque era como si todo el asunto hubiera tenido lugar de verdad. Luego, me agradeció haber hecho la caja nueva para el vaciado. Recordaba pues mi promesa de hacerla, ¡aunque fue justo antes de todo este embrollo!

—Y, por supuesto, usted le sigue la corriente en todo y le deja creer que está en lo cierto —dijo el terrateniente—. Nunca, hasta su último día, debe saber que no ha sido un sueño.

Y nunca lo supo. ¡En este mundo jamás tuvo ni una sospecha de lo que le debía a Annie! Pero esto no tenía importancia: tampoco no se habrían querido más si él lo hubiera descubierto todo.

—Bien, señor carpintero —continuó el terrateniente—, hasta ahora ha respondido con mucha amabilidad. Solo conteste tan amablemente a la siguiente pregunta que le hago. ¿Cuál es la historia de este misterioso vaciado de escayola? ¡Es inútil que se preocupe! He visto el vaciado. ¡Sé que es un retrato de Shakespeare y he decidido averiguarlo todo! No pretenderá decir que no soy un amigo digno de confianza, ¿eh?

—Señor, después de toda su bondad, no podría pensar esto jamás. Pero, con su permiso, la verdad es que prometí mantener el asunto en secreto —dijo el carpintero, dando la impresión de estar esperando la oportunidad de abrir la puerta y salir corriendo de la habitación—; lo prometí, señor. ¡Lo hice y no lo puedo incumplir!

—¡Prometió una tontería! —dijo el terrateniente con enfado—. ¿De qué sirve mantener un secreto que ya está medio revelado? Le quiero decir, señor… ¿cómo se llama? Pues hay algo de guasa en llamarle Julio César. ¿Cuál es su nombre verdadero, si es que en realidad tiene uno?

—Martin Blunt, señor. Pero no, ¡le ruego que no me pida que le cuente el secreto! No digo que usted lo vaya a divulgar; pero si se filtrara y llegara a Stratford-upon-Avon… —y, de repente se quedó en silencio, sintiendo que comenzaba a comprometerse.

—¡Ya está! ¡Ya entiendo todo! —gritó Colebatch—. ¡Que me parta un rayo si, por fin, no lo he entendido!

—No me lo diga, señor. Le ruego que, si lo sabe, no me lo diga.

—Quédese clavado en la silla, Martin Blunt. No se me escabulla. Fui tonto al no sospechar de qué asunto se trataba cuando vi que era un retrato de Shakespeare. He visto el busto de Stratford, señor Blunt. Tiene miedo de Stratford, ¿verdad? ¿Por qué? Yo lo sé. Alguno de ustedes ha tomado ese vaciado del busto de Stratford sin permiso: son como dos gotas de agua. Ahora bien, joven, le diré que si usted no me confiesa todo de una vez, acudiré a la redacción del Tidbury Mercury para presentar mi versión de todo el asunto, como una buena anécdota local; ¿me lo cuenta o no? Se lo estoy pidiendo por el beneficio de Wray, si no fuera así, preferiría morir antes que pedírselo.

Confundido, amenazado, intimidado, vilipendiado y totalmente vencido, el desafortunado carpintero lo confesó todo.

—Si cometo un error al contárselo, señor, lo hago por culpa de usted —dijo el sencillo muchacho; y, de inmediato, con muchos rodeos y tartamudeos, reveló toda la historia que había escuchado de boca del viejo Reuben. El terrateniente, de vez en cuando, dejaba escapar una explosiva interjección de asombro o de admiración; otras veces, escuchaba el relato con notable calma y atención.

—¿Qué diablos son todas estas tonterías sobre el Ayuntamiento de Stratford y las sanciones legales? —gritó Colebatch cuando terminó el carpintero—. Pero no importa; podemos hablar de eso después. Ahora cuénteme lo de regresar a Stratford para sacar el molde del armario y hacer un vaciado nuevo. Sé quién lo hizo. Es esa adorable, tierna e incomparable muchacha… Pero cuéntemelo todo… ¡Vamos! ¡Rápido, rápido! ¡No me tenga en ascuas!

Julio César continuó con el relato de manera mucho más locuaz que la primera vez. Le habló de cómo una noche en su alcoba, Annie había recordado de repente que el molde se había quedado atrás. De cómo había decidido marcharse a buscarlo para intentar recuperar la salud y las facultades mentales de su abuelo; y de cómo él (el carpintero) se había ido con ella, para protegerla. De cómo habían ido a Stratford en diligencia (en los asientos al aire libre, pasando frío, para ahorrar dinero). De cómo Annie había apelado a la compasión de su primer casero y, en lugar de inventar alguna falsedad para engañarlo, le había contado toda la verdad de su historia. De cómo el propietario se había compadecido de ellos y les había prometido guardar el secreto. De cómo habían subido, entrado en la alcoba y encontrado el molde en la vieja bolsa de lona, detrás de los volúmenes del registro anual, justo donde Wray la había dejado. De cómo Annie, al recordar lo que su abuelo le había contado sobre el proceso de vaciado, había comprado escayola y había ejecutado sus instrucciones; había fallado en el primer intento, pero lo había logrado admirablemente en el segundo. De cómo habían estado obligados a esperar, con una incertidumbre aterradora, hasta el tercer día para regresar en la diligencia; y de cómo, finalmente, habían vuelto, sanos y salvos, no solo con el vaciado nuevo, sino también con el molde. Todos estos detalles fluyeron de los labios del carpintero con una sencilla elocuencia a la que la ayuda de una mejor oratoria —que no le habría aportado ningún tipo de beneficio— no habría proporcionado ni una sola pizca de efecto adicional.

—Señor, cuando nos fuimos no teníamos ni idea —dijo Julio César para concluir— de que el pobre señor Wray estaba tan mal como, de hecho, estaba. Irnos fue un sufrimiento espantoso para Annie, señor. Se arrodilló ante la casera (la vi hacerlo, medio desesperada… en tal estado se encontraba), se arrodilló, señor, para pedirle a la mujer que fuera como una hija para el anciano hasta que ella regresara. Bien, señor, incluso después de eso, cuando amaneció, no se decidía a marcharse. Pero estaba obligada a hacerlo. No se atrevía a fiarse de que yo fuera solo, por miedo a que pudiera dejar caer el molde cuando lo cogiera (me temo, señor, que eso era lo más probable), o que me metiera en algún lío por contar lo que no debía donde no debía, y, entonces, me llevaran, con molde y todo, al alcalde, que en su momento no metió en la cárcel al señor Wray solo porque salimos corriendo hacia Tidbury, y así…

—¡Tonterías! ¡Historias! No podrían meterle en la cárcel, más de lo que yo podría hacerlo, por llevarse el vaciado —gritó el terrateniente—. ¡Basta! ¡Tengo una idea! Por fin tengo una idea que merece la pena… ¿Está el molde aquí? ¿Sí o no?

—Sí, señor. Bendito sea Dios, ¿qué pasa?

—¡Corra! —gritó Colebatch, caminando como un loco de un lado a otro de la habitación—. ¡Corra al número 15 de esta misma calle! ¡Dabbs y Clutton, los abogados! ¡Vaya a por uno de ellos inmediatamente! ¡Maldita sea, corra o se me va a reventar una vena!

El carpintero corrió al número 15, y Dabbs, quien por casualidad estaba dentro, salió rápidamente. Colebatch lo encontró en el portal, lo arrastró a la salita, siguió empujándolo hasta una silla y le expuso el problema entre Wray y las autoridades de Stratford, con el menor número de palabras posible y con el tono más precipitado.

—Bien —dijo al final el anciano caballero—, ¿pueden acusarlo por lo que ha hecho, o no?

—Esa es una cuestión muy suculenta —dijo Dabbs—, una cuestión muy suculenta, en efecto, señor.

—¡Vaya, hombre! —gritó el terrateniente—, ¡no me hable de «cuestiones suculentas» como si fuera algo para comer! ¿Pueden o no pueden acusarlo? Responda a eso en tres palabras.

—No pueden —dijo Dabbs, contestando triunfalmente en dos.

—¿Por? —preguntó el terrateniente, superándolo con esta réplica de una sola palabra.

—Por esta razón —dijo Dabbs—: ¿qué lleva Wray a la iglesia? Su propia escayola en polvo. ¿Qué saca? La misma escayola, pero bajo otra forma. ¿Existe algún derecho de reproducción en un busto de doscientos años? Imposible. ¿Wray ha dañado el busto? No, o entonces lo habrían descubierto y lo habrían procesado directamente… ya que saben dónde está. Ayer tuve noticias del asunto por un hombre de Stratford que dijo que sabían que él estaba en Tidbury. Bajo todas estas circunstancias, ¿dónde hay siquiera un indicio de pleito contra Wray? ¡En ningún sitio!

—¡Brillante, Dabbs! ¡Brillante! Será alto magistrado algún día; ¡nunca en mi vida he escuchado una opinión mejor! Ahora, Julio César Blunt, ¿se da cuenta de cuál es mi idea? ¡No! Pues escuche. Saque vaciados de ese molde hasta que le duelan los brazos, úselos con bloques de mármol negro para resaltar la blancura del rostro; véndalos a una guinea cada uno a los montones de gentes que darían cualquier cosa por tener un retrato de Shakespeare; y, después, ¡abra, si puede, los bolsillos de los pantalones lo bastante rápido como para dejar que todo el oro caiga en ellos! Cuénteselo a Wray y dígale que es un hombre rico, o… no lo haga, ¡usted no es más indicado que yo para contárselo! Dígale a Annie cada sílaba de lo que ha escuchado aquí, ahora mismo; ella sabrá cómo explicárselo. ¡Vaya! ¡Salga!

—Pero ¿qué le podemos decir sobre por qué el molde está aquí, señor? No podemos contarle al señor Wray la verdad.

—¡Cuéntele una mentira, por supuesto! Diga que el casero lo ha encontrado en el armario, en Stratford, y lo ha enviado aquí. Dabbs atestiguará que la gente de Stratford sabe que está en Tidbury y que no pueden tocarlo. Dabbs cree con seguridad que esa es una prueba bastante sólida de que tenemos razón. Dígale que lo intimidé a usted para sonsacarle el secreto cuando vi que llegó el molde aquí… Diga cualquier cosa… pero ande y resuelva el asunto de una vez. Estaré fuera dando un paseo y miraré los bloques negros en la tienda del cantero. Volveré en una hora y veré a Wray.

Un momento después, el impetuoso y anciano terrateniente salió de la casa y, antes de que pasara una hora, estaba de vuelta otra vez, más impetuoso que nunca.

Cuando entró en el saloncito, lo primero que lo recibió fue la visión del carpintero, que colgaba sobre la chimenea, descaradamente y delante de todos, una caja —con la tapa quitada— que contenía la máscara.

—Me alegro de ver eso, señor —dijo Colebatch, estrechándole las manos a Wray—. Annie le ha contado mis buenas noticias… ¿eh?

—Sí, señor —contestó el anciano—; las mejores noticias que he oído en mucho tiempo. Puedo colgar mi tesoro ahí, donde puedo contemplarlo todo el día. Estuvo muy mal que aquella gente de Stratford me asustara amenazándome con lo que no podían hacer. Mi casero es el mejor de todos ellos. Es un tipo prudente y honesto, que me devolvió mi bolsa vieja de lona y el molde (que le debió de parecer algo sin valor) solo porque me pertenecían y me los olvidé en la alcoba. Estoy bastante orgulloso, señor, de haber hecho esa máscara. Nunca podré pagarle su bondad al defenderme y acogerme como usted lo ha hecho… pero si aceptase una copia del vaciado, ahora que tenemos el molde para sacarlo, como dice Annie…

—¡Eso sí, y muy agradecido! —dijo el terrateniente—. Y le encargo cinco copias más, regalos para mis amigos, cuando usted comience a venderlas al público.

—Señor, realmente eso no lo sé —dijo Wray, bastante incómodo—. Vender el vaciado es como hacer que mi gran tesoro sea algo muy común, es como ceder mi propia posesión a todo el mundo.

Colebatch rechazó esta objeción al instante. ¿Podría Wray, preguntó el terrateniente, decirlo en serio y ser tan egoísta como para negar a otros admiradores de Shakespeare el privilegio de poseer el retrato del escritor, privilegio que él mismo valoraba tanto? Y eso sin hablar de que estaba rehusando al mismo tiempo, y prácticamente sin vacilar, una suma de dinero bastante apetecible… ¿Podría ser lo bastante egoísta y desconsiderado como para hacer eso? No; Wray reflexionó y admitió que no podría. Ahora veía el asunto bajo una nueva luz y, si había parecido egoísta o desagradecido, le pedía perdón a Colebatch y aceptaba su consejo.

—Muy bien —dijo el anciano caballero—. Ahora soy feliz. Mi buen amigo, pronto estará lo bastante fuerte como para sacar el vaciado usted mismo.

—Eso espero —dijo Wray—. Es muy raro que un simple sueño me hiciera sentir tan débil como me siento… Señor, supongo que le contaron que tuve un sueño horrible. Si ahora no viera la máscara colgada allí, más intacta que nunca, realmente creería que se había roto en pedazos, justo como lo soñé. Ya sabe, debe de haber sido un sueño, señor, por supuesto; ya que soñé que Annie se había marchado y me había abandonado, y cuando desperté la encontré en casa como de costumbre. También parece que llevo un retraso de una semana o más en cuanto al día del mes. Resumiendo, señor, casi me creería hechizado —añadió, presionando la mano temblorosa sobre la frente— si no supiera que la Navidad está cerca, y no creyera lo que dijo el dulce Will Shakespeare en Hamlet… Un pasaje, por cierto, que Kemble siempre lamentaba ver tachado en el libreto de la obra.

Y así comenzó a recitar —débilmente, pero con todas las cadencias del viejo Kemble— las líneas exquisitas a las cuales aludía. El terrateniente marcaba el ritmo en cada modulación con su índice: «Algunos dicen que cuando se acerca el tiempo en que se celebra el nacimiento de nuestro Salvador, esta ave matutina canta durante toda la noche, y entonces cuentan que ningún espíritu se atreve a salir; las noches son saludables; y ningún planeta ejerce maleficios, ninguna hada ni ninguna bruja tienen poder para encantar, de tan sagrado y lleno de gracia que es ese tiempo».

—¡Eso es poesía! —exclamó Colebatch, mirando arriba, hacia la máscara —. Me temo que ese es un fragmento que está por encima de mi tragedia de La asesina misteriosa, ¿eh, señor? ¡Y cómo recita usted! ¡Espléndido! ¡Maldita sea! Aún no hemos tenido ni la mitad de la charla sobre Shakespeare y Kemble que quiero tener. Para mí, una charla con un veterano como usted es una nueva vida, ¡en un lugar tan bárbaro como este! ¡Ah, Wray! —y aquí la voz del terrateniente bajó y, luego, enseguida subió de manera extrañamente tierna para un caballero tan viejo y rudo—. Usted es un hombre afortunado por tener una nieta que lo acompaña todo el tiempo, pero especialmente en Navidad. Soy un solterón viejo y solitario, ¡y en Navidad tengo que cenar sin esposa ni hijos que me endulcen el sabor de mi bocado de soltero!

Cuando la pequeña Annie oyó esto, se levantó y se movió sigilosamente hasta la altura del terrateniente. La palidez de su rostro se cubrió con rubores —aún no había vuelto todo su precioso color natural—, miró suavemente a Colebatch por un momento, después, bajó la mirada, y, al final, dijo:

—¡Señor, no diga que está solo! Estaría encantada de que me dejara ser como una nieta para usted: yo… yo siempre preparo el pudin de ciruela el día de Navidad para mi abuelo; si él me permite… y si usted…

—Si este amor de muchacha no está intentando reunir valor para pedirme que pruebe su pudin de ciruela, ¡yo soy holandés! —gritó el terrateniente, atrapando a Annie en sus brazos y besándola castamente—. Sin ceremonias, Wray, me invito a mí mismo a cenar aquí el día de Navidad. Lo habríamos hecho en Cropley Court, pero usted no está lo bastante fuerte todavía como para salir en estas noches frías. No importa, toda la cena, excepto el pudin de Annie, la hará mi cocinera. La señora Buddle, el ama de llaves, vendrá y ayudará, y, gracias a Dios, ¡tendremos un banquete mejor que el de un rey! Ninguna excusa por parte de ninguno de los dos, mi buen amigo. Estoy decidido a pasar el día de Navidad más feliz que haya pasado en mi vida, ¡y usted, también!

**

Y el buen terrateniente mantuvo su palabra. Por supuesto, circuló por todo el pueblo la noticia de que Matthew Colebatch, terrateniente, lord del señorío de Tidbury-on-the-Marsh, iba a ir a cenar por Navidad con un viejo actor en una casa de huéspedes. La gente distinguida estaba unánimemente escandalizada e indignada. Dijeron que ya antes el terrateniente había exhibido sus tendencias igualitarias más de una vez. Por ejemplo, se le había visto bromeando en Hight Street con un afilador ambulante, a quien había pedido, a plena luz del día, poner una férula nueva en su bastón; se le había descubierto comiendo tranquilamente panceta y verdura en casa de uno de sus aparceros; se le había escuchado cantando la balada Begone, dull care con su voz cascada de tenor para entretener al hijo de otro aparcero. Estas acciones eran ya bastante vergonzosas, pero ir públicamente a cenar con un oscuro actor de teatro, ¡sobrepasaba todo! El reverendo Daubeny Daker dijo que, después de aquello, el lugar apropiado para el terrateniente era un manicomio, y los amigos del reverendo Daubeny Daker se hicieron eco de dicha opinión.

Totalmente despreocupado de la opinión de toda esa gente distinguida, Colebatch llegó al número 12 para cenar el día de Navidad; y, lo que es más, vistió sus calzas negras y sus medias de seda, como si fuera a una gran fiesta. Su cena había llegado antes que él; y la rolliza señora Buddle, con su vestido de seda color lavanda y un pañuelo de batista prendido delante para evitar las salpicaduras, hizo su esperada aparición justo antes del banquete. Annie no había sentido nunca tanta responsabilidad al tener que hacer un pudin de ciruela como en aquel momento, al ver el sabroso banquete que Colebatch había organizado para acompañar su único platito de dulce.

Se sentaron a cenar, con el terrateniente que presidía la mesa —Wray insistió en ello—, Buddle en el otro extremo —en esto también insistió—, el viejo Reuben y Annie a un lado, y Julio César, solo —conocían sus hábitos y le dieron espacio— en el otro. Todo fue elegante y tranquilo hasta que llegó el pudin de Annie. A la vista de este, Colebatch lo jaleó como si hubiera estado detrás de una jauría de perros raposeros. El carpintero se desequilibró completamente por el ruido y la agitación, y tiró una cuchara, un vaso de vino y un pimentero, uno detrás de otro, en una sucesión tan rápida que la señora Buddle creyó que se había vuelto loco; y Annie se rio por primera vez, pobre muchacha, desde que habían comenzado todos sus problemas. De hecho, volvió a reír de nuevo de una manera más bonita que nunca. Hay que añadir que Colebatch hizo grandes cumplidos respecto al pudin. Su plato viajó hasta la fuente dos veces. Habría ido una tercera vez, pero la fiel ama de llaves alzó su voz de advertencia y recordó al anciano caballero que solo tenía un estómago.

Cuando las mesas estuvieron limpias y los vasos llenos con el distinguido y viejo oporto del terrateniente, el excelente hombre se levantó despacio y solemnemente de la silla y anunció que tenía que proponer tres brindis y hacer un discurso; este último, dijo, estaba sujeto a la posibilidad de conseguir una voz adecuada después de dos raciones de pudin de ciruela; una posibilidad que creía algo remota principalmente porque Annie, al mezclar los ingredientes, se había excedido bastante en la proporción de sebo.

—El primer brindis —dijo el anciano caballero— es a la salud del señor Reuben Wray; ¡y que Dios lo bendiga! —cuando se hubo bebido con inmenso fervor, Colebatch continuó enseguida con el segundo, sin hacer una pausa para sentarse (una costumbre que otros oradores, después de cenar, deberían imitar) —. El segundo brindis —dijo, tomando la mano de Wray y mirando la máscara que colgaba enfrente, decorada con un acebo de forma muy hermosa — es ¡por la máscara de Shakespeare! ¡Que tenga una amplia circulación y una calurosa bienvenida por toda Inglaterra! —este brindis fue honrado debidamente y, de inmediato, Colebatch enlazó como un rayo con el tercero—. Y el tercero es el brindis del discurso —y aquí se esforzó, sin éxito, por colocar su opinión a pesar del pudin de ciruela—. Digo, señoras y caballeros, que este es el brindis del discurso —se detuvo otra vez, y rogó al carpintero que le sirviera un vasito de brandy. Después de tragarlo, siguió con fluidez—. Señor Wray —continuó el viejo caballero—, me dirijo a usted en particular porque está especialmente relacionado con lo que voy a decir. Hace tres días, tuve una charlita en privado con estos dos jóvenes. Jóvenes, señor, que nunca están totalmente libres de algunas tendencias imprudentes; como enamorarse el uno del otro —en ese momento, Annie se escabulló detrás de su abuelo; el carpintero, como no había nadie detrás de quien escabullirse, se relajó haciendo caer una naranja—. Entonces, señor —continuó el terrateniente—, la charla privada que tuve con ellos me conduce a suponer que estos dos jóvenes tienen la intención de casarse. Entiendo que usted se opusiera a su compromiso al principio; y como chicos buenos y obedientes, ellos respetaron su objeción. Creo que es hora de recompensarlos por eso. ¡Permita que se casen, si ellos quieren, señor, mientras usted afortunadamente pueda vivir para verlo! No digo nada sobre nuestra pequeña y querida Annie, excepto que la cuestión vital para ella, y para todas las muchachas, no es cuán ilustre, sino cuán bueno será su matrimonio. Y debo confesar que no creo que haya escogido del todo mal —el terrateniente vaciló un momento. Tenía en mente lo que no se podía aventurar a decir: que el carpintero había salvado la vida del viejo Reuben cuando los ladrones habían entrado en la casa y que se había mostrado muy digno de la confianza de Annie cuando ella le había pedido que la acompañara a ir a recuperar el molde de Stratford—. En pocas palabras, señor —resumió Colebatch—, para acortar el discurso: no creo que pueda tener objeciones en dejar que se casen, siempre que ellos puedan encontrar medios de sustento. Esto pienso que pueden hacerlo. Primero, están los beneficios que seguro vendrán de la máscara y que sé que usted compartirá con ellos. —Esta profecía sobre los beneficios de la máscara se realizó, se encargaron cincuenta copias del vaciado para el nuevo año y, después de eso, se vendieron aún más—. Wray, creo que esto dará para empezar. Después, tengo la intención de conseguir a nuestro amigo un buen empleo como jefe de carpintería para el nuevo semicírculo de casas que se va a construir en mi tierra, en lo alto de la colina… y eso no estará mal. Por último, quiero pedirles que todos ustedes abandonen Tidbury y vivan en una casita mía, esa que está vacía ahora, y que, a falta de un inquilino, se puede deteriorar y estropear. Cobraré el alquiler, eh, Wray, y vendré cada trimestre yo mismo, tan regular como un recaudador de impuestos. No ofendo a un hombre independiente al ofrecerle cobijo, ¡Dios me libre!, pero todavía usted puede hacer algo mejor para mí, quiero que mantenga caliente la casita. ¡No podré dejar de venir a ver algunas veces a mi nueva nieta! ¡Y querré también charlar con un veterano sobre el teatro británico y el glorioso John Kemble! Para abreviar el asunto: con unas perspectivas como estas, ¿se opone usted a que haga un brindis a la salud de los futuros señor y señora Blunt?

Conquistado por las palabras y las miradas amables del terrateniente, tanto como por sus razones, el viejo Reuben murmuró que aprobaba al brindis, añadiendo tiernamente, cuando volvió la mirada hacia Annie:

—¡Solo si me promete que me dejará vivir con ella siempre!

—¡Vamos, vamos! —gritó Colebatch—, ¡no beses solo a tu abuelo ante una compañía como esta, coquetilla, haciendo que otros le tengan envidia el día de Navidad! ¡Escuchad esto! Los futuros señor y señora Martin Blunt… ¡se casan en una semana! —añadió imperativo el anciano caballero.

—¡Señor —dijo Buddle—, ella no podrá conseguir el vestido en tan poco tiempo!

—Señora, lo hará si cada joven costurera de mantos de Tidbury pone sus dedos para bordarlo, y este es el final de mi discurso —y, después de haber dicho esto, el terrateniente se dejó caer hacia atrás en la silla con una exclamación de satisfacción—. ¡Ahora todos somos felices! —exclamó, llenando su vaso—; y empezaremos a disfrutar de verdad de nuestro oporto… ¿Eh, mi buen amigo?

—Sí, todos felices —repitió el viejo Reuben, dando palmaditas en la mano de Annie que reposaba en la suya—; ¡sin embargo, creo que estaría aún más contento si consiguiera olvidar ese horrible sueño!

—¡No lo recuerde así! —gritó Colebatch—. Todos lo recordaremos… ¡todos lo recordaremos juntos, de ahora en adelante, de una manera muy agradable!

—¿Cómo? ¿Cómo? —exclamó Wray ansioso.

—Sí, mi buen amigo —respondió el terrateniente, y le dio con brío unos golpecitos en el hombro—, todos lo recordaremos con alegría, como si no fuera nada más que… ¡un cuento de Navidad!